吉田知子選集 Ⅱ

吉田知子選集Ⅱ　日常的隣人　目次

日常的母娘

彼女は母と一緒にいると、気の張る友人といるような気がする。熱心に喋っているときでも、ふと母の顔を見ると変な感じがしてきて、いま何を話していたか忘れてしまう。話し続ける勇気がなくなる。母は派手な顔だちをしている。色が白く、目が大きくて鼻が高い。そのうえ、背が高くて足が長いから西洋の魔女に似ている。冬に母の家へ行ったら、母が台所からロングスカート姿で出て来た。毛糸のショールを肩にまとい、老眼鏡を掛けていて、どう見ても魔法使い風だったので彼女は危うくそう言いそうになった。言わなくてよかったのだ。そんなことを言ったらどんなシッペ返しをされるかわからない。母くらい強烈な棘のある言い方をする人間は滅多にいないのである。

デパートの前へ歩み寄ってくる母の姿を彼女は先にみつけた。彼女は逃げだしたくなった。母が目立つので恥ずかしかった。腰の位置が高すぎ、首が長すぎると思う。服装は地味だった。母は、いつでも全然似合わない地味な格好をしている。衣類だけみれば、まさに「なつかしい田舎の老母」なのだ。だから、借り着のようで、よけい妙なのである。

「旦那さまは何をしてるの」

まっさきにそう訊く。これはもう儀式だった。最初に必ずそう言うことになっている。

「何してるか知らないわ。会社だもの」

「玲子ちゃんは元気」

「ええ相変らず」

口先だけで物を言っているときは母の表情は全然変らない。ガラス細工みたいだ。

二人は証券会社へ歩きだす。母が株の配当金を受けとるのである。彼女は母の家族について訊くべきかどうか迷うが結局やめる。息子と嫁と二人の孫。彼女は三つ違いの弟にも秀才校へ通っている姪たちにも興味はない。嫁の君子については、もうすぐ母の口から噂が出るに決っているから、いま言うことはない。

証券会社では、ずいぶん待たされた。いつもなら五分待たされただけでいらいらしてくる母がおとなしくしているので彼女はふしぎに思う。そうかといって、これは母の用事なので彼女がせかせかするわけにはいかない。

「係りの人、私たちのことを忘れたんじゃないでしょうね」

彼女は遠まわしに言った。

「あら、ごめんなさいね。あなた先に行ってもいいんですよ」

毒を含んだ甘ったるい口調で母がこたえる。母の目がカウンターの中を捜している。

「お待たせしました」

半白の男が母に封筒を渡す。

「ヨシノさんどうなさったんですか。ヨシノさんからでないと受け取れませんね。間違いがあると困りますし」

「申しわけありません。今日は吉野は夕方まで戻りませんので」

「嘘おっしゃい。いま、あちらの女の方が呼びに行って下さいましたのよ。そんなはずありませんでしょ」

「おそれいります」

あから顔の太った男は、いんぎんに頭をさげる。

「調べて下さいな。他の株の相談もあるんですよ」

「吉野は貝原へ参っております。それから大野へ廻りますから、帰りは早くても四時半頃だと存じます」

男は頭をさげたままで言う。

「お母さま。株の相談はまたにしたら」

彼女は小声で囁く。男が素早く母と彼女に目を走らせる。彼女には男の考えていることがわかった。彼女と母は少しも似ていない。年齢も十違いにしか見えないだろう。実際は十七歳半違うのだが、母が若く見られるのに対して、彼女のほうは年齢より老けて見られるたちだった。

男は慎み深く微笑する。（なんだ嫁姑か）と結論をくだしたに違いない。

「明日にでも吉野を伺わせます。まことにあいすみません。本日のところは」

そろそろと金の入った封筒を母のほうへ押しやる。笑うと八重歯が覗いて、意外に愛嬌のある顔になる。

彼女は封筒をとって母のバッグにしまいこみ、「さあ」と催促する。母は、しぶしぶ立ち上り、わざと男を無視して自動扉へ進む。

「あの人、ちょっとだけお父さまに似てると思わない」

「似てませんよ」

「だから、ほんのちょっと。肥っているところとか、顔の色艶とか」

「私は、そんなによく観察してないから」

「誰を。さっきの人。それとも、お父さまのこと」

「両方」

母は癇癪をおこした声で言った。彼女は意地悪く続ける。

「どう、お父さま。少しは来るの」

「幸いなことに、ちっとも来ませんよ」

「でも、手紙は来るんでしょ」

「さあ……」

「さあって、何よ。知らないの」

「ええ。一々覚えてませんよ、そんなもの」

「じゃ、死んでるかも知れないじゃない」

母は鼻さきで笑っただけだった。

「魚津って寒いんでしょ」

父は退職金の半分を持って魚津という所へ行った。彼女も母も魚津について何も知らない。親戚も知人もいないし、一度も行ったことのない所だった。

「寒くたって暑くたって関係ありません」

「だって別れたわけじゃないんでしょ」

「別れるほどの関係ではありませんからね」

「ねえ、吉野さんって、あのお茶とお花習ってるって男の子でしょう。ほら、中央大学出て」

母は何も言わない。君子が、この前、ちょっとこぼしていた。母はマネキンボーイみたいな若い証券会社の青年が気にいって、来るとなかなか帰さないという。

街は、それほど混んではいなかった。小さな男の子が店の中から走り出て来た。彼女は、それを避けようとして少しよろめいた。とっさに母の手が彼女を支えた。とっさにしては落ちついていたし、しっかりしたつかみかただった。右肩に母の指の一本ずつが感じられる。彼女の左肩の下には母の柔らかい胸がある。その時間がながすぎる。他人には抱擁しているように見えるだろう。

「はなしてよ。もういいわよ」

大体、転びそうになったわけではない。僅かに歩いている足もとがもつれただけなのだ。

フ、と母は笑う。ゆっくりと手がはなれる。

「そんな必死みたいな声ださなくてもいいでしょ。とって食おうってわけじゃなし」

食われる。ああ、そうだ、と彼女は思う。母はいつでも彼女より大きく美しく強かった。いま、母は老年期にさしかかり、彼女も中年の盛りを過ぎているが、未だにその関係は少しも変らない。高校時代の友人の美保子が久しぶりに訪ねてきて「あなたより、お母さまのほうが身も心も強いようね」と言ったのを彼女は思いだす。夫から健康優良中年と呼ばれている彼女に比較すると、母は肌の色も蒼白く、身長があるので実際より痩せて見える。美保子の言葉は思いがけなかったが、考えてみると母は、もう何十年も医者へ行ったことがない。

おかあさまと買いものに行くと何時間歩き続けても一度も休まないんだもの、たまらないわ、と嫁の君子も言う。お茶なんか、うちで飲めばいいっておっしゃるけど、お茶が飲みたいんじゃなくて休みたいのよね。自分が疲れないから、わたくしがそう言っても贅沢としか思えないらしいの。だから、しまいには麻美も買物袋も全部おかあさまのほうへ行っちゃって、わたくしは歩くだけ。それでもへとへとなの。どういう人なんでしょうね。

本当にどういう人だろう、と彼女は横目で母を眺める。母は熱心に店先のワンピースのバーゲンセールを見ている。

「絹で一万八千円って安いのかしら」

「そりゃあ安いわよ。だって、この前のマリーヌの布、布だけなのに三万五千だったでしょ。六万五千を三万五千に大値引きしたってそうなんだもの」

「あれはスイスかフランスのものだったでしょ」

「一万八千円なら仕立て代だけだもの、安いわよ」

「そんなものかしら」

白地にグレイで大きな薔薇が浮きでた柄で丸首長袖のあっさりしたスタイルだった。

「でも似合わないでしょ」

母は彼女と出かけた時、大抵布だの服だのコートだの買う。母は気にいった服があるとまず、ありとあらゆる難癖をつける。それはほとんど情熱的といってもよいほどだった。似合わない、高い、サイズが合わない、物が悪い、派手すぎる、この色がよくない、仕立てが悪い、型が古い……。値引きさせるためではなかった。店員のいない所で彼女にだけ言うのだから。彼女は、それらを片端から否定しなければならない。嘘の情報まで取り混ぜて大童になって買う気にさせようとする。

お母さまは四十代で通るもの、ちっとも派手じゃないわ、ウエストが細いからこんな型でも似合うのね、色の白い人でなきゃ着られない服よね、高いはずがないでしょ、相場より安いくらいよ、型だって流行遅れじゃないわ、あ、大丈夫よ、最新流行というわけでもないから。悪くすると小一時間も、そんな押し問答をしている。母は本来は決断の速い人なので、買う気のないときは、そうはならない。

あんた、こんなの好きなんですか。相変らずセンスのない人ね。こんな古くさい柄のどこがいいんでしょ。あんたなら似合うでしょうけどね。あんたは田舎の小母さんみたいだから。

彼女をいためつけるようなことを平気で言い、半ばは本気で怒りながら大股で歩く。

買うときは、そうはいかなくて、彼女が大汗かかなければならない。彼女は母の買う気を見定めると、すぐに母にすすめ始める。母は、それを待っているのではないかと思う。面倒になってあまりすすめずに通り過ぎると、どういうわけか、歩きまわっているうちに、どうしてもその店の前へ二回も三回も出てしまうことになる。母は無口になり、返事も上の空になり、口を開くと孫のことばかり言う。

朱美のお弁当袋買わなくちゃ。君子さんはいつも忘れてくるんですよ。そうそう、アカネ屋でショートケーキを買いましょう。朱美はアカネ屋のしか食べないの。なまいきでしょうがない。

母は一緒に住んでいる孫のうち、長女の朱美を偏愛している。朱美の時は、いつでも預かって下さったんだけど麻美は駄目なの。気が合わないんですって。要するに嫌いなんでしょうけど。せめて一時間でもお願いできると助かるんですけどね。君子は母の前でそう言い、母は知らん顔をしていた。

狭い試着室に母と二人で入った。母の背中のジッパーを外す。母は背中へ手が届かない。なめらかに光った背中があらわれる。皺もシミもない柔らかな肩。

「きれいな背中ねえ。宮野さんもそう言ってたでしょ」

「何を馬鹿なこと言ってるの。はやくそちらの服とってよ」

かがむと腰が母にぶつかった。試着室の中は電話ボックスより狭い。その中でかがんだり手をあげさげしたりするので、二人の体は始終ぶつかりあう。袖を通した母の手が強く彼女の乳房をこすりあげる。

「あら、気持ちがよかった。もう一度」

母は、もう一度同じことをする。彼女は避けようがない。

「よして」

「怒ることないでしょ。私のおなかから出たんだもの、あんた。言ってみれば私のウンコと同じよ。違うという気なの」

彼女は母の新しいワンピースのジッパーをあげてやる。母は気のない顔で鏡を見ている。彼女はカーテンをあけて見渡したが、近くには店員の姿はなかった。

「やっぱり駄目だったわね。着ただけ損した」

脱ぎかけるふりをする。

「まあ、もうちょっと鏡から離れて見てごらんなさいよ。さあ、こちらへ出て。ぴったりじゃないの」

習慣的にそう言ってから、彼女は、また例の儀式の始まりかとうんざりしている。

「あんなね、あんなおじいちゃん、しようがないでしょ。宮野みたいな」

母は、けわしい顔で服を検分しながら言う。彼女は息を吸いこんで笑う。

「宮野さんはお母さまより十も若いのよ。九つだったかしら。すくなくとも十五歳の孫のいる人よりは若いわ」

「男と女は違うでしょ。あんたが玲子を早く産み過ぎたのよ」

「玲子は私が二十六の子でしょ。私は、あなたの十七の子よ」

「これ裾線が歪んでる」

「お尻の大きさが違うんでしょ」

それは宮野が彼女に言った言葉だった。母娘だから母もそうかも知れない。

「やっぱり既製品は雑なのね」

母も宮野から同じことを言われたのだ、と彼女は直感した。母は自分の腰を撫でている。どちらが大きいほうだったかと考えているに違いない。それと裾線の歪みとの関係をはかっている。

「宮野さん、そういう柄、好きよ。お母さまは地味すぎるわよ」

「そう言ったの、彼」

母は鋭く彼女を見た。対等にかまえていたつもりなのに彼女は後退する気持ちになった。

「そうじゃないけど」

「じゃ、あんたがこの服買ったらいいでしょ」

「あいすみません。サイズがそれしかございませんので」

年齢のよく判らない厚化粧の女店員が、いつの間にか後に立っている。彼女は肥っているから普通サイズは着られない。女店員は、それきり何も言わない。通常なら、ここで女店員は大げさに母を褒め、そのワンピースを買わせようと急に多弁になるはずだった。

「私には合わないわ、この服」

「そんなことございませんよ」と女店員が言う。

店員にしては投げやりな気のないすすめ方だと彼女は思い、もう一度、母の服を眺める。気がつかなかったが同色の細いレースが、胸のところに、よだれ掛けの形に三段ついており、スカートの裾にも、それがくり返されている。色は地味だが、二十歳前後の少女のデザインだった。ひどい老眼のくせに外では眼鏡をかけない母には、そのレースが見えないのだろう。

「似合うわよ、お母さま。お買いなさいよ。あと五年か十年したら、もうそんな服は着られないわ」

首の後の品質証を見るとポリエステル一〇〇%と書いてある。絹一〇〇%というのは違うワンピースだったらしい。しかし、値段のほうは違わない。

「五年たったら……そうね」

意外に早く、母は買うことに決めてしまった。

「宜しいんですか」

女店員は、ためらう素振りを見せた。母は気がつかない。

「ええ。買います」

女店員がお金とワンピースを持って行ったあとで母は、もう一度、口の中で呟く。

「五年あとは。そう。死んでるわね」

「違うわよ。そういう意味じゃないの。あれ、柄が大きいでしょ。それに薔薇でしょ。こんな大きいお花の模様でしょ」

彼女は掌を拡げてみせる。

「色が地味だから、いまのお母さまには、ぴったりよ。お母さま都会的だから。でもね、やっぱり八十じゃ」

八十までは二十年以上ある。忙しく頭の中で計算して八十にしたのだ。

「死ななくても、よぼよぼかも知れない」

「たった五年でよぼよぼになるはずないでしょ」

姑の多津は三年でそうなった。彼女は夫の実家へは三、四年に一度しか顔を出さなかったが、ある時、多津は急に腰が曲ってしまった。彼女にすれば、それは急としか言いようがなかった。その前に逢ったときは普通だった。多津が頭を畳につくほどさげたままでいるのは、わざとそう

していると しか思われなかった。多津は、その姿勢のままで食事をし、用たしに出かけた。腰は完全に二つ折りになっていた。それから一年たらずで死んだ。

「ねえ、宮野さんっていやなのよ。自分の奥さんが好きらしいの」

母はワンピースをいれた紙袋をさげて歩いている。肩は多少まるくなったが背筋は伸びている。

「どうして。いいことでしょ」

「お母さまは、いやな気しないの」

「ちっとも」

「昔の大地主の娘で、いまでもお嬢さんみたいなんですって」

「孤児なんでしょ」

「親は早く亡くなったそうだから、まあ、孤児なわけだけど」

「奥さんを悪く言う人、私きらいです」

「息子は国立医科大へストレート、娘は学校一の美人。きいているとばかばかしくなっちゃう」

「そんなこと言うもんじゃありません」

「お母さまは宮野さんが好きなのね」

彼女は叫んだ。

「宮野さんは若いから」

いままで若い男でなければ見向きもしなかった母への皮肉のつもりだったが、たしかに宮野は若かった。声や話し方だけが年相応で顔は十歳若く見える。体つきや裸の皮膚の、はりのある色艶は三十代前半といってもよい。

「そんな話やめましょ。あなたたちだってうまくいってるんでしょ」

母はデパートへ入り、地階への階段をおりる。

「ええ」

彼女はこたえた。宮野とはいい関係だった。彼女は宮野のことを少しも気にせずにいられたし、どれだけ逢わなくても平気だった。宮野が百人恋人を持っていても何とも思わないだろう。宮野には強烈に惹きつけるものもなく、嫌悪すべきところもない。見栄えがよくて、小さな会社にしろ重役という肩書きがあり、金はないくせによい背広を着ていて、逢いたいときに逢える。宮野ほど都合のいい男は滅多にないと彼女は思う。

自然食品コーナーで母がマヨネーズを買っていると傍へ母くらいの年齢の着物姿の女が近づいてきた。その女は、抜き足さし足といった風情で少しずつ寄ってくる。首の肌がそそけだち、瘦せていて黒っぽい着物を着ている。汚れた鶏に似ている。女は母にたずねる。

「そのマヨネーズおいしいですか」

母は首をまわして女を見たが何も言わない。彼女が母の代りに答える。

「おいしいですよ。うちの主人はマヨネーズとかチーズとか駄目ですけど、これなら食べますの。和風なのかしら、お味が」

「まあ、さようでございますか」

「ちょっと辛いのね。和芥子が入ってるんでしょ。でも、もちろん、マヨネーズですから、むやみと辛くはないけど」

着物姿の女は視線を他へ泳がせた。極端にくぼんだ眼だった。彼女は女に宣伝しておいて自分が買わないのは変だと思い、財布を捜した。店員に金を渡してからふり返ると、もう着物を着た女はいなかった。彼女は少し腹をたてながら言う。

「なあに、あの人。頭が変なんじゃない」

「相手にしなきゃいいのよ。一目でおかしいとわかるのに」

「いつもそうなのよ。ああいう人につかまっちゃう」

皮革製品大バーゲン市の時もそうだった。おかっぱ頭の背の低い女がしきりに彼女に話しかけた。女は母が見ている皮の札入れについて彼女に教える。

「革に見えるけど革じゃないんだからね。色が悪いでしょう。裏を見ればわかるよ。縫い方もね、これ間違っているの」

札入れを裏返して引っ張ったので端がほどけた。

「だまされちゃ駄目だよ。向うはだます気なんだから。こういうとこの物は買わないことよ。あんた、買う気なんでしょう。買っちゃいけないよ」

「ケイ子ちゃん。行くよ」

疲れた顔の男が、その女に声をかけた。男の後に女と同じような黒いズボンをはいた男女が四、五人いた。その男女と、彼女に話しかけた女とは明らかに類似点があった。皮膚の色が煤けたような鈍い色で若いのか年とっているのかわからなかった。話しかけた女は三十代に見えていたが、もしかしたら十代かも知れない。あるいは四十代と言われても嘘だとは思わない。

「さあ、帰ろうね、ケイ子ちゃん」

男は大柄でよく肥っていて、やさしい言い方をしたが全身にいらだちが現れていた。彼女が見ている間じゅう男は絶え間なしにまばたきをくり返し、女にさしだした手は癇性にぶるぶる震えていた。

「むかし、田口先生っていたじゃない」

え、と母はふり返る。

「私の高校時代の絵の先生」

「田口先生ねぇ」

思いだしたのかどうか、あいまいに口の中で呟いている。

「新聞に写真が出ていたの、どこかの小学校の校長先生になったのね」

「だって、高校だったんでしょ」

「講師だったから、高校は。それで卒業生全員にその子の肖像画を贈るんだって。先生が描いて。校長って暇なのね」

田口先生は彼女の裸の上半身を描きたがっていた。何度も手紙をくれたし、放課後に呼ばれたこともある。彼女の家まで送ってきたこともある。先生は夏休みに彼女の家を訪問し、彼女の母にも逢った。その後は先生の手紙は母のことばかりになった。あの頃、父は北海道へ長期出張していた。九月になってから、母の帰りの遅い日が続いた。それからどうなったのだろう。多分、父が帰ってきたのだ。

「もう、いいおじいさんよ、田口先生。写真持ってくるんだったわ。頭は禿げてるし、頬はシミだらけだし」

「六十くらいなの」

「まさか」

田口先生は母より六つ年下だった。母が忘れているはずはない。

「八十二歳ですわ」

彼女が大声ででたらめな年齢を教えると、母は笑いだした。華やかな笑い声だった。なかなかやまない。彼女は母を憎んだ。自信たっぷりの笑い声に耳をふさぎたい。

「今度、若いきれいな男を連れて行くわ」

と彼女は言う。

「原さんの御紹介よ。ほら、中島工業の専務の奥さんの原さん」

母は笑いやめてバッグから紙切れを出している。

「君子さん、こわいですからね、買いもの忘れると。朱美におつかい頼んだほうがましだなんて言うんだから。そこに何て書いてあるかしら」

「画鋲、ナフタリン、洗濯挾み、アルバム。こんなもの、みんなスーパーで売ってるじゃない」

「あんたたちとは好みが違うから。……若くてきれいならいいってもんじゃないでしょ。私は顔だけじゃないのよ」

母は眉を寄せて紙切れを見ている。

化粧品売り場の前にいると、三人の男が長いプロパンのボンベのようなものをかかえて走ってくる。凄い勢いで突進してきて従業員出口から出ていく。最後の男は宮野に見えたが、そんなはずはない。彼が作業服を着てデパートの仕事をしているとは考えられない。


翌朝、彼女は母に電話をかけた。

「新聞にね、宮野さんが出てるの。三人がかりで女の人に乱暴してつかまったのよ。女の人というのは七十二のひとり暮らしのお婆さんだって。それをリンカンしたってわけ。いえ、そうは書きません。この頃の新聞だから。だけど写真が出てる。ちょうど色盲検査表みたい。丸い中にもよもよしたものがあって上から宮野、横井、田中の精液って書いてある。こんなの珍しいのかしら。宮野さんのはくさび型の精子よ。それでお婆さんは死んじゃったんだから殺人罪だわね。でも犯人たちは安楽死だと言っている。それは彼女の希望だから。証拠は何もないんですけどね。

両者間には金銭的な関係はなく、犯人たちは女を愛していたと言っている。女って七十二歳の人よ。女には係累はないけど別に生活に困っていたわけではない。わたしはポックリ死をやりますと書いた紙があった。しかし、その紙は死ぬ前に書いたのかどうかわからない。それだけでは遺書と認めるわけにはいかない。とにかく、その人、乱暴が原因で死んだんですものね。あ、ちょっと待って。老衰ということも考えられるので解剖することになった。ところが、解剖しようとしたら、宮野がオイオイ泣きだして自分が解剖すると言って暴れた。宮野さんの写真も出てる。これがその〝ムゲン男〟だって。ムゲンって何でしょ。限りなくの無限かな。それとも夢幻《ゆめまぼろし》の夢幻かしら。どっちも縁のない男なのにね。宮野は部長で、横井、田中ってのは課長、係長だって。ね、変な夢でしょ、お母さま。うん、全部夢の中の話。起きてすぐ電話してるのよ」

「まあ面白い夢だこと」

と母は言った。少しも面白がっていない声だった。すると彼女もつまらなくなり、ではさようならと電話を切った。

日常的夫婦

声が近づいてきた。十歳くらいの少年の声だ。

何か言ってるぞ、と爺さんが言う。

婆さんは、あぐらをかいて雑誌の頁をめくっている。十年も前の子供用の漫画月刊誌だった。紙が悪いので、めくる度に少しずつ破れる。

今度は違う少年の声になった。乱暴に何か怒鳴っている。

おい、何を言ってるんだ、あいつら。

爺さんは苛だって大声を出した。婆さんは黙って立ちあがると厚い雑誌を持ったまま台所へ行き、お湯を沸かし始めた。

お茶くらい自分でいれたらどうだろうね。

口の中でぶつぶつ文句を言っている。

台所と茶の間は、つながっているから、婆さんのしていることは全部見える。言っていることもわかった。むしろ小声のほうがよく聞こえるのが妙だったが、それは小声だからではなく、婆さんの体や口の動かしかたで言おうとしていることがわかるのだ。

誰がお茶と言った、ばか。

婆さんのほうも、ばかと言われたのだけは、よく聞こえるとみえて、すぐに言い返した。

ごはんは食べたとこじゃないか、このモーロクじじい。

竹藪ごしに川向うの白い道を少年たちが通って行くのが見えた。同じ年頃のが五、六人いて、中の二人は自転車を引いている。

……が死にました……葬式は明日の……出棺は……です。

死んだんだ、と爺さんは納得した。

死んだと言ってるよ、と婆さんが言った。婆さんは、まだお湯を沸かしている。

二人は同時に同じことを考えた。一カ月前の息子の葬式である。息子は外国で死んで骨だけ戻ってきたのである。だから葬式は村の童覚寺で簡単にすませた。息子は家を出たあと死ぬまで十年全然帰ってこなかった。刑事だけが二、三年おきに家へ来た。もう死んでしまったのだから警察とも縁切りだと思ったら、葬式の次の次の日に、またやってきて、家中調べて行った。何か捜しものらしかった。六畳四畳半の家具もろくにない素通しの家なので、しかたなく押入れの床下や、台所の天井裏まで捜した。何を捜しているのか何回訊いても答えなかった。

刑事たちが捜しているのは十億円の小切手に違いない、と爺さんは想像し、婆さんは誰かの白骨死体だろうと言って、二人で口論した。

小学生頃までの息子は女の子のように可愛い顔をしていたのだ。

声は家の前を通る。

「小山さんちの勇君が死にました。明日の二時に出棺です」

勇は、この前の日曜に来たばかりじゃないか。ほら、廃品回収に。なあ。

四年生だよ、と婆さんが返事した。

勇が死ぬ理由は何もなかった。

きっと事故だ、と婆さんは言い、これには爺さんも反論できまいと考えて、にんまりした。爺さんは別のことを言った。

一人ばかり死んでも、うるさいのは減らんよ。子供らは増える一方なんだからな。

婆さんがお茶をいれたところへ客があった。

眉毛の濃い丸顔の女で花模様の上着と揃いのズボンを穿いている。年齢はよくわからない。三十と四十の間に見えた。

「良ちゃんのお父さまとお母さまですね」と女客は言った。ざらざらした太い声だったから急に老けて見え、四十から五十の間だと婆さんは値踏みした。

良は死んだよ、と爺さんが言った。

「わたくし、ずっと前、良ちゃんと一緒に暮らしてましたの。そう、十年も前」

十年前は良は二十二だ。ちょうど良の行方がわからなくなった頃になる。

「そうね、良ちゃん、もう死んじゃったのよねえ」

女客は泣き始めた。まるで嘘泣きのように顔の筋肉は少しも動かないのに涙だけが溢れ落ちた。爺さんは茶簞笥の上の良の写真を見た。写真の前に茶碗と香炉がおいてある。線香をあげにきたのだろうと思った。

「半年くらい前にね、良ちゃんに逢ったんですよ。東南アジアに行くと言ってました。それで行く前の一週間くらい私のところにいましたの。また今度の奥さんとも別れちゃったってね。何人目の奥さんかしら。四人目か五人目じゃないかしら」

今度の奥さん、と婆さんは呟いた。良と女は全然結びつかない。良は野球と釣りと自転車が好きな子だった。

「それで三カ月くらい前かしら、知らない人が良ちゃんから頼まれたといって、この包みを持ってきたのね。預かってくれと言うわけ、良ちゃんが取りにくるまで」

女客は上りかまちに腰をかけ、持ってきた風呂敷から黄色いナイロンの袋を出し、中身を並べ始めた。

「で、こんなことになったもんですから」

折りたたまれた花模様の赤い布。紙が巻きつけてあり、ルリ子へ、と書いてある。土産物らしい長方形の箱。それも粗末な白い紙で包まれていて、御両親さまへ、と書いてある。他に古本とズボンとスリッパが出てきた。

「あ、こちらは良ちゃんが私の家において行ったものです、出て行くときに。どちらでもいいと思ったけど、一応きちんとしといたほうがいいでしょ。これでお返ししましたからね」

爺さんは手を出さずに畳の上の品物を眺めていた。婆さんは女客の濃い口紅を塗った唇をみつめていた。女客は返事がないので居心地悪そうにもじもじしてから、思い切って立ちあがった。

「じゃ、私、電車の時間がありますから、これで」

慌てて爺さんが花模様の布を女客にさしだした。女客は唇をへの字に開き、またもとへ戻して大きな声で言った。

「私、ルリ子って名じゃないのよね。どういうわけか」

女客が行ってしまうと爺さんと婆さんは溜息をついた。適当にうなずいたり、もっともらしい顔をしてはいたが、女客が何しに来たのかよくわからなかった。爺さんは婆さんをあてにし、婆さんは爺さんが後で説明してくれるだろうと思っていた。しかし、いま改めて顔を見合わせてみると、その考えが間違っていることがはっきりした。二人とも要領をえない曖昧な顔をしていた。

とにかく、夢ではなかった。目の前に物が並んでいるのだから。良に関係があるということも、どうやら聞きとれた。

捨ててこい、と爺さんは婆さんに言った。

子供の頃の良を猫可愛がりに甘やかしたのは爺さんだった。良が行方不明になると不眠症になり、警察が来たら胃をこわして入院した。死んだと聞いた時は椎間板ヘルニアになった。それで遺骨を取りに行ったり役場へ届けを出したりするのは全部婆さんがやった。爺さんは這うようにして葬式へ出ただけであった。いまだに、そのヘルニアは完全に治ったとは言えない。湯呑みに手を出しかけてはアタッと叫んでいる。腰が痛むのである。

遺品というものも一応遺骨と一緒に貰ってあって、それはボストンバッグと、その中に入っていた下着や洗面道具や、わけのわからないゼンマイ仕掛けの玩具、煙草、万年筆、ハンカチなどだった。下着は洗って爺さんに着せ、玩具と煙草は家賃を払いに来た山際さんにやった。万年筆は山際さんが外国物だというので誰かに売るつもりである。ボストンバッグも本物の革であるから値がつくかも知れない。今の女の持ってきた品物は、どうもろくなものはなさそうだが、問題は、あの箱だ。婆さんが眺めていると爺さんがもう一度言った。

捨ててこいや。なあ。どこでもいいから、うっちゃってきてくれ。

婆さんは気になっている紙包みをあけた。紺色唐草の布貼りの箱が現われた。紙きれがついていて外国語がたくさん書いてある。ひょっとしたら高価なものかも知れない、と婆さんはわくわくしながら蓋をあけた。金と赤の派手な色が見えた。出してみると袋だった。ちょうど両手に乗るくらいだ。婆さんは引っくり返したり立てたりして袋の口を捜したがどこにもない。

枕だよ。総がついてるだろう。枕に決ってるじゃないか。マ、ク、ラ。

爺さんが耳の傍で大声で怒鳴る。

こんな小さな枕があるかね。ばか言いなさい、と言ったものの、婆さんにも他の考えは浮かばない。婆さんは、がっかりして手荒にもとへ戻した。再び全部黄色のナップザックにいれてしまうと、四畳半の自分の隅へ持って行った。あとで爺さんの気づかぬときに、ゆっくり調べよう、と思った。

変なこともあるもんだって、専らの評判だて、と井沢が言った。民生委員の井沢は月に二、三回くる。民生だったか厚生だったか、困っている人をみつける係りなのである。本業は米屋である。爺さんたちは困ってはいないが、井沢は、そうは思わないらしい。どちらにしろ、老人家庭を見まわるのは役目の内なのだという。

勇は崖から落ちて死んだんだが。あの葬式のお触れのことよ。どうせお前らには聞こえなかったろうがな。救急車も来んうちだからよ。変じゃないかい。触れて歩けと子供らに命令した奴がいるのよ。本当かのう。まったく、このごろの子供らときたら。

婆さんは井沢にお茶を出した。井沢は中のお茶を充分に吟味してから一口飲んだ。

ひどい茶だなあ。あんたら、何も困ってないっていうんなら、もう少しましな茶を買わんかい。それより、この家だが、今度風が吹きゃあ、ぶっつぶれるぜ。それに、爺さん婆さんと言やあ、ふつうなら用もないガラクタがわんさとふえるもんだに、何だ、この家は。まるで新婚さんだよ。座布団もねえ。家財道具は机と爺さん婆さんだけだあ。

上りかまちに腰をおろしている井沢は、そう言いながら、ひょいと手を延ばして四畳半の障子をあけた。

それに中身だけの蒲団とボロの山。ありゃあ、何だ。仕立物でも頼まれてるのかよ。花柄のズボンの女が置いて行った派手な布が、ちらっと見えたのである。

おい、婆さん、あの布はどうしたい。まさか、よそから黙ってコレしてきたわけじゃないだろうなあ。

井沢は婆さんの目の前へ曲げた人さし指をつきだした。婆さんは、とびあがって四畳半へ行き、布を隠そうとした。その拍子に蒲団のかげになっていた本や四角の紙包みが見えた。この家に、ちゃんとした本や、いわくありげな包みがあるのは実に珍しいことであったから、井沢は大変興味を持った。

誰か来たのかね。何か変ったことがあったんだろう。そういうことは言ってくれなきゃ困るじゃないか。誰のお蔭で息子の葬式ができたんだよ。この地所だって、お前、村のものなんだからな。いつだって追い出せるんだ。なあ、何があったんだよ。

井沢は、とうとう上へあがってしまい、婆さんが尻の下に敷いている本を無理やりとりあげた。なんだ、こりゃ。麻薬・覚せい剤関係法令集だと。どうしてこんな本が。

言いかけて井沢は声を飲んだ。もみあった時に紙包みが破れて中の布袋から白い粉が溢れでてきたのである。

これ、これが、そうか。あれか。ははあ、お前んとこの息子は暴力団の幹部で外国で死んだっちゅう話だが……。

婆さんは井沢の手から法令集を奪いとろうと体あたりし、二人は敷きっぱなしの蒲団の上へ転がった。井沢は足を蒲団の皮の破れたところへ突っこんでしまったので中々起きあがれなかった。六畳にいた爺さんが、それを見て、こちらへ来た。

まあ、井沢さん。そう暴れんでくれや。家をこわす気かよ。

井沢は憤然と爺さんを突きとばした。

ヘルニアの爺さんは大げさな悲鳴をあげて倒れ、痛い痛いと叫んだ。井沢は驚いて爺さんを助けおこそうとした。そこへ婆さんが漬物石を持ってきて井沢の頭の上へ打ちおろした。それでおしまいだった。

爺さんは、まだ痛い痛いと呻いていたが、井沢の体がもろに倒れかかってきたので首をまわして婆さんを見た。

お前何したんだ、ばか。死んじゃうじゃないか。

何言ってんだよ。もう死んでるよ。顔を見たらわかるだろ。

爺さんはゲッと言って蒲団に顔を埋めた。

痛いっ。出てけ。出てけ。出てけ。と三回蒲団の中で言った。

あんたが井沢を好きだったとは知らなかったねえ、と婆さんは言った。

出て行けというなら行きますけどね、あんたはどうする気なんですかねえ。腰が痛くて動けないんでしょ。そうやって死人と一緒の蒲団でずっと寝てる気なんかねえ。卵焼きも満足にできないくせに。大体ね、あたしは、あんたを助けようと思ったんだ。それでこんなことになったんだよ。ええ、出て行けというなら出て行くから。もう一遍言ってみな。

爺さんはもう一遍は言わなかった。婆さんの言ったことが聞こえたからではなくて、どうしたらいいかわからなくなったのだった。

ああ、おれは死んじまいたいよ。はやく死にたい。ああ、はやく死にたい。お前なんか見たくない。何も考えたくない。ああ、死にたいよ。

死にたい、だって、と婆さんが言った。

いいよ、いいよ、そうしよう。それが一番だからね。ほら。

婆さんは金らんどんすの袋を持ちあげた。端が丁寧にほどいてある。そうっと中の白い粉を掌の上にこぼして爺さんに見せた。

ね、これ、麻薬だよ、きっと。麻薬の本と一緒にあったからね。せっかく御両親様と書いてあったんだしさ、せいだしてこれから使おうと思ってたとこなんだよ。ほら、今朝のお茶にも味噌汁にも入ってたんだから。さっき、この人がまずいと言ったお茶にも。

もうヘルニアなどと言っていられなくなったらしい。爺さんは這って六畳との境まで行き、下唇を拡げるだけ拡げて婆さんと死体を見た。

大丈夫だってば。これは暗くなってから西のゴミ捨て場へうっちゃるよ。引きずってけば一人でもできるよ。それから楽しく二人で死にましょ。そりゃあ楽しいんだって、麻薬は。あたしゃ首吊りなんかいやだからね。爺さんだって、楽しくゆっくり死ぬほうがいいだろ。何も慌てなくったってさ。年寄りが慌てくさるとみっともないよ。

爺さんに他にいい智恵のあるはずもなかった。爺さんは、とりあえず六畳の自分の定位置まで這って行った。それは押し入れの前の薄暗い場所で外からは誰にも覗かれない所である。そのかわり、玄関の戸を開けると爺さんの姿が真先に目に入る。

そこにいな。誰か来たら上手にごまかすんだよ。

境の障子をしめようとして婆さんは入口に井沢の靴が脱ぎ散らかしてあるのをみつけた。橙色の、まだ新しい靴で、いかにも高価そうである。売れるな、と思って婆さんは靴を部屋の中へいれた。井沢と一緒に蒲団をかぶせて見えないようにした。これは、りこうなことだった。というのは、一時間もしないうちに井沢の妻が来たからである。井沢の妻がここへ来るのは初めてだが、井沢井沢と何回も言うので、そうだとわかった。

用があるんですよ。大事な客が来たんでね。あんたらの所へ来なかったかね。行くと言ってたけどね。それに客があるのは、うちの人も知ってたんだから。来なかったって。本当かねえ。困るんですよ、どこへ行ったかわからんもんで。客が待ってるのに。

井沢の妻は背の低い痩せた女で肩で息をしながらまくしたてた。

きっとここだと思ったんだけどね。そうでなきゃ、こんな坂、登ってこないよ、お茶でもよんでくれんかね。お茶を。

大きな声でくり返したので婆さんは冷えたお茶を出した。爺さんはうつむいたきりだった。

井沢さんには、いろいろ心配してもらってねえ。あんないい人はありませんよ、と婆さんは言った。

こんな村から離れた所に年寄り二人きりだもんで、何か困ることはないかって、いつも聞いてくれてねえ。村のためにも、井沢さんみたいな人は、ながいきして貰わにゃ。わたしらも他に話を聞いてくれる人もないで死ぬまで井沢さんに面倒みて貰う気ですよ。井沢さんにゃ、まだ三十年は生きてて貰わにゃ。

三十年はねえ、と井沢の妻は機嫌よく言う。じき六十だから三十年は無理だね。でも、まあ、お蔭と体は丈夫なほうでね。口も八丁手も八丁でうるさくて。ここの爺さんみたいにおとなしきゃ言うことなしだん、それじゃあ食えんし、アハハ。このお茶、クコ茶かいね。変った味だね。

ええ、ええ、と婆さんはうなずいた。

それから井沢の妻の姿が竹藪の向うへ消えるのを見送った。道は、そこから南へ曲って急な坂になる。その坂の北側がごみ捨て場だった。それは別に正規の捨てる場所ではなかったが、向う側が深い谷になっているので、どこかからトラックが来ては、ごみを捨てて行く。村の人も古畳とか不要の家具、電気製品など大きな物は、わざわざそこまで持ってきて谷へ捨てる。婆さんの所からは竹藪の下から行けば四、五十メートルである。しかし、その向う岸には道があって、村の子供らがよく通るから日が暮れてからでなくてはまずい。その道は昔の林道で今はどこへも通じていないのだが、子供はどこへでも行くのである。

この人が、こんなところにいるんじゃ寝られもせん。片附けるにはまだはやいし、やっぱり先に晩ごはんにするかね、と婆さんは独り言を言い、カマスの干物を焼きはじめた。一匹を二人で食べるのである。醤油に、あの粉をザラザラと思いきって沢山いれてよく振った。

爺さんの前にカマスと糠漬と味噌汁を並べた。味噌汁にも、よく粉を振りかけてある。爺さんは食慾もないようで、首をたれたまま箸もとらない。

あんた、死にたいって言ったじゃないか。食べなきゃ、あたしが食べて先に死んじまうよ。死にたけりゃ食べたほうがいいよ。それとも死にたくないのかね。ねえ、お爺さん。

爺さんは大きく溜息をついて食べ始めた。食慾がない上に、ひどい味だったらしく、一口めは口から出してしまった。

ああ、ああ、死にたくなきゃ、やめな。あんただけ麻薬なしのお膳をこさえてやるかね、爺さん。やめなってば。食べたくないもん無理に食べるなって。あたしゃ楽しく死ぬんだから、そんな顔するならやらないよ。

爺さんは取りあげられそうになったので目を白黒させて、ひとのみにカマスを飲みこんだ。婆さんが鋭い目で顔を見ているのでヒヒ、と少し笑ってみせた。

顔までヘルニアになったみたいだね、と婆さんは悪口を言った。

あたしは愉快に死ぬんだから。

味が悪いなどということはなかった。たしかに、お茶だけはまずくなったが、それだって昼までは爺さんは何も言わずに、がぶがぶ飲んでいたのである。まあ、お茶と御飯だけは混ぜるのはよそう、と婆さんは心の中で決めた。実のところ、あとに控えた重労働のことを考えると婆さんの食欲も鈍りがちであったが、爺さんの手前、威勢よいふりをみせないわけにはいかない。

蚊は死んだ人は刺さないかね、と婆さんは爺さんに訊いた。竹藪の中には冬でも蚊がいた。黒い小さな藪蚊が無数にいて一歩足を踏みいれたが最後、どこまでも追いかけてくる。竹を切りたい時は爺さんは頬かむりに長袖のシャツ、ズボン、靴下と重装備で藪へ入るのだが、それでも山椒のスリコ木みたいに、いぼいぼになって出てくる。ここの蚊は平気で布の上から刺すのである。

そうかといって竹藪を迂回すれば非常なまわり道になる。道を通れば人に見つかる可能性もある。婆さんは優雅にゆっくりと死にたいのだから、いまは警察だの刑務所などと関係したくない。

死んだ人だって血はあるんだからね。刺すんなら、そっちを刺しとくれ。まだ腐っちゃいないよ。死にたてのホヤホヤだもの。

暗くなってきた。この家は西南の茂りほうだいの竹藪のおかげで日が暮れるのが早い。婆さんは台所の窓から竹を眺めた。真中へんは、もう竹の色も見えず、しんと静まりかえっている。上のほうは葉がそよいでいる。僅かな隙間から点のように覗いている向う側の光が竹の葉の動きにつれて、あちらこちらへ位置をかえる。たえず光の点が集まり、散らばる。向う側は、まだ明るいらしい。この竹藪は真竹だと爺さんは言うが何竹かわからない。家の近くへはえてくる筍は片端から食べてしまうから、竹は家の周囲には、はえていない。婆さんは首をつきだして上を仰いだ。思いの外に竹というものは高く、窓からでは竹の一番上の梢は見えない。婆さんは急に自分の体が海の底へ沈んでいくように思った。

首吊りのほうがね、いいかも知れんよ。

婆さんは、小さな声でゆっくり独りごとを言った。

竹じゃあねえ、枝がないからね。

附近には他に大きい木はなかった。首吊りのぶらさがるのは婆さんの考えでは木の枝に決っているのであって、家の中の鴨居などは問題外なのだった。

爺さんは、ひどい下痢をしていた。便所は爺さんの、すぐ背中の所にあったが、そこへ行くには台所と風呂場をまわらなければならない。それにしても二間ばかりなのだが、ヘルニアの爺さんは一々かけ声をかけて立ちあがり、柱を伝って行く。そのうちには、声を出す元気もなくなったらしく、台所と六畳の境にへたりこんでしまった。婆さんのほうは何ともない。あの日も、一時間半もかかって死体の処理をしたら、疲れはてて、ぐっすり眠ってしまった。次の日、体中イボになっていたのでやっと藪蚊のことと井沢のことを思いだした。藪蚊に食われた跡は何日も痒い。いらいらしてくる。その上、爺さんは、この世の終りみたいな陰気な顔をしている。

あのカマスは味が変だった。醤油も腐っていた。お前がうるさいから食べたが、そのせいで当ったのだ。

何回も爺さんがそう言うので、婆さんは変な気がした。味は、あれをいれても大して変りはしないが、もしおかしければ爺さんは、あれのせいだと思うはずなのだ。ひょっとしたら、あれのことを忘れてしまったのだろうか。それとも、初めから何も聞こえなかったのか。

婆さんは「麻薬・覚せい剤関係法令集」と白い粉の入っている袋をもう一度爺さんの膝の前に持って行った。爺さんはじっとそれを眺めていてから急に眉毛を吊りあげて婆さんの顔を見た。驚いているのか考えこんでいるのかわからない。十分の余も、びっくり人形の顔を崩さなかった。それから、ようやく口をきいた。

そいつは、あの女が持ってきたのか。

もっと重大な提案があると思っていた婆さんは、がっかりしながらうなずいた。またながい時間黙っていてから爺さんは言った。

それはな、お前、枕だ。

婆さんの顔から汗が吹きだした。秋にしては暑い日だった。

井沢のことを忘れたんかい。

婆さんは爺さんの耳の傍で怒鳴った。爺さんは顔をあげて天井を見ていた。

お前がやったんだ。一人だけで。そうだろうが。

小馬鹿にした表情で爺さんが言った。婆さんは口惜し涙が出てきた。爺さんは口をあけて声を出さずに笑った。

漬物石は、そこにあるよ。

それは石切場から持ってきた平べったい石だったが、まだ台所の隅においてあった。いつもは婆さんだけでは持ちあがらないのである。だから爺さんがヘルニアになって以来、使っていなかった。あのあとも、ようやく四畳半から台所まで引きずってくることしかできなかった。あの石を振りあげることがどうしてできたのだろう。そして、そんなことで、あんな頑丈な働きざかりの男があっけなく死んでしまうものだろうか。婆さんは戸口をみつめた。そこから井沢が入ってくる気がした。すべては嘘くさかった。花模様のズボンを穿いた女など、今まで見たこともない。あれは夢の中か、それとも三十年も前のことではないのか。

良が呼んでるんだよう。

爺さんは、そう言いながら畳の上に横になった。もう何時間もヘルニアが痛いと言わない。あれも芝居だったのかも知れない。

安心しろや。皆おれがやったことにしてやるで。どうせお前は、その気だろうが。おれは、もうこわいものなんかない。何がどうなっても同じこんだ。なあ。

寝ている爺さんの腹がくぼんでいる。下痢のために、もう一日半ほど何も食べていないのである。婆さんが何ともないのだから爺さんのは神経性下痢なのだろう。前にも、そういうことは何度もあった。何十年か前、親類の借金に判コを捺したために家屋敷をとられたとき、良の行方がわからなくなったとき、最初に警察がきて良が悪いことをしているのを知ったとき。下痢くらいなら軽いほうだった。

下へ行って何か買ってこい。金は使っちまえよ。残しちゃ、合わんでよ。

残すほどあるわけがないよ、と婆さんは返事をしてから、服を着かえ、買物袋と通帳と財布を持って立ちあがった。

帰ってきたときは大荷物だった。酒屋のオート三輪で送ってもらわなければ、とても一人では持ちきれなかっただろう。

爺さんは同じ場所で寝ていた。婆さんは慌てて爺さんの鼻先に手を当ててみた。微かに生暖かい息が出ていた。

先に死んだりしたら、ただおかんよ。わかってるね、と呟いて爺さんの細い骨と皮だけのすねをピシャピシャ叩いた。

幾晩も眠らなかったのだろう、爺さんは婆さんが夕飯の支度をしている間中、びくりともせずにぐっすり眠っていた。

久しぶりに思う存分の買物をしたので婆さんは、いい気分だった。爺さんが下へ行って買ってこいと言った「下」は村のバス停のあたりの商店街のことである。郵便局、役場、荒物屋、酒屋、写真屋、それから何でも売っている八百屋がある。魚も肉も八百屋で買う。婆さんは郵便局で通帳の金をおろし、片端から買って歩いた。

魚を焼き、吸物を作り、天ぷらも揚げた。食卓には、きれいなテーブル掛けを掛けた。真中に硝子の皿にいれたサラダをおいた。テーブル掛けも硝子の皿もサラダも今日買ってきたのだ。三つとも四十数年の結婚生活で一度も縁がなかったものだった。変ったことをしなくちゃ、と婆さんは思ったのだった。麻薬とサラダは婆さんの頭の中では、これほど似合いのものはないと思われたのだ。

きれいなサラダだった。じゃがいもと人参とグリンピースとハムとマカロニが色紙細工のように賑やかに小さく切ってある。婆さんは粉をふりかけてから上手に上下を引っくり返した。他に焼魚と天ぷらと刺身と蒲焼きと佃煮が三種類。蒲焼きは罐詰をあけたのである。婆さんは、しばらく考えてから、他のものへは粉をふりかけないことにした。

どうせ、ただの枕かも知れないんだしね。

口の中で言いわけがましく言ってサラダを眺めた。爺さんがサラダを食べないのは判っていた。爺さんは今まで食べたことがないものは絶対に食べない。婆さんにもサラダは食べものらしく思われなかった。

爺さん、起きな。ごちそうだよ、と婆さんは言った。ほら、並びきらんもんで下へおいたくらい。お酒のおかんもついてるよ。

醬油も、前に粉を混ぜたのは止めにして一升瓶から新しく注いだ。

爺さんは、ぼんやりと食べものを見渡し、盃を口へ持っていった。

これはサラダ。ただのサラダだから食べなくてもいいよ。飾りだからね。それよりお魚を食べなさい。あんたの好きなワカナゴがちょうどあったから。お刺身だってごらんよ、白身のがあるなんて珍しいねえ。

いっぺんには食えん、と爺さんは不機嫌に言った。しかし本当に不機嫌ではないことを婆さんは知っていた。低血圧の爺さんは起きたては頭が働かないのである。

婆さんは笑いながら酒を飲んでいた。ずんずん気分がよくなった。

ただのサラダ、ただの枕、と叫んで、また笑った。

爺さんの顔も柔らいできた。楽しそうになった。

ねえ、お爺さん。考えたんだけどね。プロパンだってガスだろ。ね、ガスもあるってわけ。ガス。

聞こえるように大きな声でガスと言った。

爺さんは若い頃のように気どって唇の端を曲げて笑い、そうだ、ガスがいいなあ、と言った。

はやくも酔い始めたらしい赤い顔をしていた。

日常的嫁舅

鋭介は孤独な老人だった。

彼の持っているものは広い敷地の中にある大きな邸と各部屋を埋めるおびただしい書画骨董だけだった。

書画骨董が本来の彼の趣味だったろうか？

いや、そうではなかった。彼は金持ちにふさわしい趣味をあれこれ捜したあげく、体力も知力も要らぬ金力だけのこの趣味が気にいったのだった。ゴルフも謡も小唄も彼にはできなかったのである。彼は道具屋の持ってくるものをやたらに買いこみ、置くところがなくなると、その趣味は完結したのだった。

彼のすべての能力は金儲けに向いていたのかも知れない。度外れた吝嗇家だった彼の父親のお蔭で彼は貧しい子供時代を過した。しかし、その代り、父親が死んだとき、彼は少なからぬ金を残され、それが一挙に彼の事業欲をおこさせ、隠された能力が開花したのだった。

もっとも、今は引退して事業は何もやっていない。

鋭介には息子が一人あった。息子は彼のどの事業も継がず平凡なサラリーマンになっていた。これは双方の合意に依るものだった。鋭介は凡庸な息子を嫌っていた。彼の息子が「その他大勢」の一人であることは彼の誇りを著しく傷つけたのである。

それには容姿も関係していたに違いない。息子の耕一は母親似だった。背が高く鼻筋が通り涼しい眼をしている。声は明るく動作も物言いも静かだった。鋭介は小男である。四十を過ぎるまでは、がに股の瘦せた貧弱な体つきだったのが、急に肥り始め、いまは鼻と両頰と顎の肉が、いずれも同じ丸さ、大きさを持つ肉塊となって彼の顔の前面に突きだしている。最近は額にも肉がつき、段のついた肉襞となって眉毛の上に落ちかかっている。体重の増加とともに足が弱くなり、若い頃の神経痛も再発して、彼は家の外へ出なくなった。

息子とは、とうに別居していた。息子は大学を卒業して三年目に海外へ赴任した。それ以来、帰国後も息子は他へ住んでいる。鋭介のほうも息子を家へいれなかった。金もやらなかった。

耕一がいると来訪者たちは耕一ばかりを褒めそやすのである。彼を目あての女たちも出入りする。耕一は誰にも好かれた。一方、鋭介のほうは誰にも好かれたことがない。ただの一度も女にもてたことはない。事業が成功したくらいだから鋭介は人の心を読むことに馴れている。女が彼を愛しているのか、彼の金を愛しているのかくらいの区別はついたのである。彼の妻も、彼の金を愛したのだった。それを承知で結婚したのである。妻の節子は美人であるばかりでなく性質もやさしく、妻として申し分なかった。鋭介としては妻の従順さに物足りぬ思いをすることがあったが、それは他の女で埋め合わせをつけてきた。

節子が死んだとき「美人薄命」といった男がいる。節子には、もう高校生の息子がいたから、その言葉が合うとは思われなかったが鋭介は黙っていた。美人だったら五十や六十でも薄命というのかも知れないのである。

「やっぱり善良なかたは神が早くお召しになるのでございますねえ」

節子の級友のオールドミスがそう言い、喪服姿が似合っていたので鋭介は半年あとに彼女と再婚し、また半年あとに離婚した。


鋭介は癇癪持ちだった。年をとるにつれて人間嫌いもますますひどくなり、五人いた使用人も、キチ以外は皆追い出してしまった。キチは、もう十年もいる老女中で鋭介の気性をよくのみこんでいる。顔も体つきもいかつい大女で愛想がないかわり、力仕事もいやがらない。鋭介がキチを残したのは彼女が気にいっていたからではなかった。一人もいなくなっては不便だというくらいの分別は働いたのだった。

キチは鋭介の食事を作り、風呂を沸かし、洗濯をした。それだけだった。他の使用人がいるときも、はかばかしく動くたちではなかったが、一人になると必要以外、何もしない。掃除ということをしたことがない。自分の身づくろいも、さっぱりかまわない。乱れ髪を手拭いで隠し、何日も磨かぬ臭い歯をして、一カ月も同じ服を着ている。横着なことこの上もない。

鋭介が風邪で寝たときもひどかった。鋭介が食欲がないと言ったら、丸二日食事を作らなかった。その間、粥も出なければ薬でもなく、熱があるのに医者も呼ばず、息子に電話をかけろといっても生返事をしているばかり。

鋭介は、ついに生命の危険を感じて息子の会社へ電話をかけた。さすがに会社の名前は覚えていたのである。

息子は、すぐに来た。数時間後に嫁の悠子も来た。

「まあ、おとうさま、このお部屋は何ということでございましょう。お玄関にも蜘蛛の巣が張っておりますわ。誰もいないなんて、わたくしちっとも知りませんでしたから申しわけございません」

悠子には二回しか逢ったことがない。結婚前と海外から帰ってきた時である。彼らの結婚式にも鋭介は金も顔も出さなかった。悠子も、すでに四十近いはずだったが、甘い物言いだの、いい匂いだの、キチとは格段の相違である。

次の日、鋭介は、きれいに拭き清められた風通しのよい明るい部屋に寝ていた。新しい寝巻は肌触りがよく、七分粥に白身魚の煮付けと清汁の食事もよい味だった。

「お前たち、この家へ住め」

と鋭介は言いだした。

彼はかねてから親のものは親のもので息子とは無関係なのだから、死んでも鐚一文やらぬと言っていたが、急にそれをひるがえすようなことを言ったりした。

どうやら建売りでも買っているらしい耕一夫婦が即座には返事もできずに顔を見合わせていると、鋭介は上機嫌で言い足した。

「お前らの家のほうは子供が住めばよいだろう。子供がいるんだろう。二人か。三人か。うん、奴らにやればいい。おれは子供は嫌いだからな。うるさくてかなわん。騒がなくてもうるさいんだ。奴らは、この家へは、いれんようにしろ」

「でも、子供たちの世話は誰がするんですか。下の子は、まだ十一歳なんですよ」

「黙れ。昔の子供は七つ八つでも、もう食事の支度くらいしたものだ。大体、お前ら、親より子が大事だとぬかすのか。それならそれでいい。お前らには何もやらん」

そこで耕一夫婦は、鋭介の家に住んでいるようなふりをすることにした。

幸い、鋭介は二階の自分の部屋から外へ出ることは滅多にない。歩けば歩けるが、神経痛のためびっこを引いている姿を誰にも見られたくないのである。

耕一と悠子は早朝に鋭介の家へ来る。それまでに悠子は三人の子供の朝食を整え、高校生の長男のお弁当を作っておく。耕一は、こちらの家で朝食をとり、玄関で賑やかに「行っていらっしゃいませ」と見送られて出て行くのである。そのあと、悠子はキチを相手に掃除や洗濯をし、鋭介の御機嫌をとる。キチは懐柔の難しい女だったが、鋭介の死後も面倒を見るということで納得させた。彼女には、どこも行くところがなかったし、鋭介が嫌いだったから秘密は守られそうだった。午後、悠子は一旦帰宅し、自分の家の用事をし、子供たちの食事を作ってから再びこちらへ戻り鋭介と自分たちの食事の用意をする。耕一が帰宅すると鋭介と三人で食事をし、夜にこっそり帰宅する。自分の家まで往復するのには一時間半もかかるから、悠子には大変な重労働だった。

「お前、体をこわしちゃ元も子もないだろう。やっぱり自分の家庭のほうが大事だから、こんな生活は止めよう」

見かねた耕一がそう言いだしたが、悠子はきかなかった。

「親が死んでからでは親孝行できないでしょ。私の両親は早く亡くなって何もできませんでしたから、その分も尽させていただくわ。私のことなら大丈夫よ。健康なだけが取り柄ですもの」

鋭介は、そのからくりに全然気づかぬわけではなかったが、わざと素知らぬ顔をしていた。いつ音をあげるかとむしろ面白がっていた。彼の嫁に対する増長ぶりは日に日に増していった。

「どんな育ちかたをしたか判るというものだ。この辛い煮しめはどうだい。お前ら、梅干しだけでおまんま食ってたんだろうよ」

食事の度に文句をつける。食事は二階の鋭介の寝室の次の間で三人で食べるのである。家のかかりには決った金を渡さず、時々、少額の金を悠子によこすが、その渡しかたも念がいっていた。

「金がほしいか。なあ、ほしいだろう。お前らは貧乏人だからな。ほら、目の色が変った。そら、やろう。嬉しそうに笑え。そんな顔じゃない。心から嬉しそうでなきゃやれんよ」

そのあげく、渡される金は、せいぜい三日分であるから、耕一夫婦の物いりは増すばかりである。キチの給料も耕一のほうへかかってくる。とうとう、耕一は書画骨董を少しずつ売った。十に一つは本物も混っているので中には高く売れるものもあった。

鋭介は、もう七十を過ぎていた。耕一夫婦が通ってきて、おいしいものを食べ、衣服も部屋も清潔になると、かえって体力が衰えてきた。自分でもそれを感じている。すると耕一たちのいない夜に死ぬのがおそろしくなった。死がおそろしいとは思いたくないので、彼らに腹いせができなくてつまらぬ、と思うようにしている。

夕方の、耕一たちのいる時に鋭介は発作をおこすことにした。自分が死んだら悠子が舌を出すに決っているので、ひたすらつとめている嫁の化けの皮を剝がしたいのである。

アーと怖ろしい呻き声をあげて鋭介は食事の最中に後へ、ばたんと倒れた。白目を剝いて胸をかきむしった。耕一は驚いて立ち上って「医者を呼ぼう」と叫んだ。悠子は落ちついていた。

「あなた、まあ待って下さい。きっと、お魚の骨が刺さったんですわ。おとうさま、しっかりなさって。ほらほら」

悠子は鋭介を抱きおこすと肉の厚い手で背中を叩いた。猛烈な叩きかたで鋭介は息が詰まりそうになった。「刺身に骨があるか」と怒鳴りたいのを、ようやく我慢して、なおも白目を剝き続け、虚空をつかんだ。

「お前、こりゃ大変だ。医者を呼ばなきゃ」

耕一は階下へ走って行った。電話は二階へ切り替えてあるので、電話ではなくて直接医者を呼びに行く気らしい。苦悶の演技は、なかなか骨が折れる。鋭介は耕一の自動車が出て行く音がすると、眠るほうに切り替えた。それでも凄まじい鼾をかいてみせた。

「おとうさま、大丈夫ですか。いますぐお医者さまが来ますからね。どなたか呼ぶ方ございますか。いまのうちにおっしゃることがありましたらおっしゃって下さいましね」

何だか声が変なので鋭介が鼾をかきながら薄目をあけて眺めると、悠子は食事の続きをしながら喋っているのである。

「この時間なら、お医者もすぐ来て下さるでしょう。そうそう、そうやって呻いているほうが楽ですよ。遠慮なく大声を出して下さいな。私は馴れてますから。父もそうでしたの」

三杯目は昆布の佃煮でお茶漬けにしてかきこんでいる。それから楊子を使った。

「お亡くなりになっちゃいやでございますよ。まだ親孝行の真似ごともしていないんですからね。おとうさまは心臓もお丈夫だし、まだ二十年は長生きなさいますわ。でも脳卒中の体質ですって、心配だわ。十年も中気で寝こんだらくたびれておしまいになるでしょ。大変ですわ。私のほうは宜しいですけど、孝行できて。おとうさまのほうは物も言えないし、動けないし、おむつでしょ。お可哀そうにねえ……あら、キチさんどうしたのかしら。キチさあん、御食事すみましたから片附けて下さいよう。……おとうさま、どうなさいましたの。本当におやすみになったのかしらん」

鋭介は慌てて鼾をかきはじめた。ここで悠子に怒ったら、いままでの苦心は台なしになると必死で我慢していたので、つい鼾のほうがお留守になったのである。

ようやく医者が来た。医者は念入りに症状を聞き、熱や血圧をはかり、瞼を引っくり返したりした。

「大したことはないと思いますが、おとしで弱っておられますから気をつけて下さい」

と言い、注射をして帰った。

鋭介は注射のせいで容態が好転したふりをした。

「ああ苦しかった。もう死ぬかと思った。おれもながくはないなあ。こうなってみると死ぬ前に可愛い孫の顔を見たくなった。見せてくれんか。血のつながった孫なんだからな」

どういうつもりかわからないので耕一と悠子は黙っていた。

「可愛い孫だよ。なあ、お前たちの子だからできがいいだろう。うん、お前は母親似で頭は切れんが見かけがいいからなあ。頼むよ、父親の臨終の頼みだよ。ああ、おれも気が弱くなったもんだなあ。孫の顔を見なくちゃ安心して死ねんよ」

哀れっぽく涙まで流すのである。

耕一と悠子は相談して長男の恒夫だけこちらへ来させることにした。恒夫は、どうせ夜中まで勉強している。彼は高校二年のときはラグビー部の主将だったが、三年になって受験一本に絞ったら、それまで十何位かの成績が今では学年でも五番以内に入るようになった。

恒夫を見ると鋭介の態度は豹変した。

「これが長男かい。まあでかくて馬車曳きみたいな奴だなあ。うん、顔もそうだ。前に町内に昔人力をやっていたという乞食がおったが、お前とよく似とる。そいつはな、自動車と競争してさ、足をひかれてな、片足なかったんだ、おれの知ってる頃は」

　実際は、恒夫の顔は鋭介に大変よく似ていた。

「何だって。大学へ行くって。よせ、馬鹿。大学なんて金を捨てに行くようなもんだ。四年も五年も、ぶらぶらいい若いもんが遊んでいて何を覚えるというんだ。せいぜい角棒のふりまわしかたくらいのものだろう。大学へなんか行くな。そういう顔じゃないわ。もったいないことをするものじゃない。わかったか、耕一」

「でも、お父さん、いまどき大学なんて誰でも行きますよ。それにこいつは成績もいいんです」

「うるさい。黙れ。つべこべ言うとお前らには何もやらんぞ。大学へ行って、一生勤めて幾らになるというんだ。お前らみたいな頭の悪い奴らは束になったって、何百年かかったってこれだけの財産は作れやしまい」

　恒夫が何か言おうとすると悠子が遮った。

「おっしゃる通りですわ、おとうさま。大学は止めにしましょう。どちらにしても、おとうさまみたいな偉い方にはなれそうもないけど。さあ、恒夫、お帰りなさい」

　何も言わせずに恒夫を部屋の外へ押しだした。数分で戻ってくると手際よく鋭介を寝床へ連れて行った。その呼吸は抜群だった。どの晩も鋭介は悠子の柔らかな暖かい手で寝かしつけられると抵抗できなくなるのだった。ポンポンと上蒲団の裾を叩いて出てきた悠子を襖の外で耕一が待っていた。

「今晩は泊ったほうがいいんじゃないのか。もしものことがあると。ああいうのは二度目の発作が危ないって言うだろう」

「おとうさまはどこもお悪くありませんよ。ちょっと興奮なさっただけよ。さ、恒夫が待ってますから。あの子、今度の模擬試験で三位以内に入れば完全にT大合格圏内に入るって張りきってるのよ」

二人とも、ひそひそ声で囁いているのを鋭介は夢うつつのうちに聞いたのだったが、彼が人間の言葉を理解したのは、それが最後だったのである。

鋭介が一日に顔を合わせる人間は耕一、悠子、キチの三人だけである。キチは毎日ではない。力仕事の時だけ悠子に呼ばれる。鋭介は別に寝たきり老人ではないから大概のことは悠子だけで間に合う。耕一は朝と晩だけ二階へ上ってくる。時々、出張とか、接待で抜けるから、これも毎日とは限らない。悠子だけが必ず一日に何時間か鋭介の傍にいる。悠子は、いつでも薄化粧をし、笑顔を絶やさない。上手に体を拭いてくれる。二階に浴室も便所もあったが、元来、鋭介は風呂嫌いなので悠子に拭かせるほうが楽である。汗ばむ季節には日に三、四回も体を拭かせる。悠子の手は厚くぼってりしていて冷たいので暑い日は気持ちがいい。

「女の手とは思えんな。不細工な手だな。わらじみたいじゃないか」

と鋭介が言ったことがある。悠子は華やかに笑い転げた。

「熊の手って言われてたんですの。子供の頃、おそろしいようなしもやけで。ぱっくり口をあけて膿むんです。繃帯も貼りついちゃうし、字も書けませんでした」

痩せて小さな体に手の大きさが不恰好だったが、鋭介は内心では彼女の働きものらしい厚ぼったい掌や太い指をひそかに好いていた。

鋭介が倒れてみせた次の日の朝食には、耕一は姿を見せなかった。

「耕一はどうした。昨夜はおったんだから、あれから出張ということはあるまい」

「ケムハラノ、キミムカケメコ、イムニンキュ、ヘラヘ」

一瞬、鋭介は悠子の気が狂ったのかと思った。悠子は、にこやかに微笑しながら御飯茶碗をさしだした。

「何を寝言いってるんだ。耕一はどうしたかと聞いてるんだ」

「キミコハラ、ロレプンギン、コーレモシールユシ、ネイコ、キ」

何語ともわからない。でたらめにしては堂に入っていた。

「日本語でいえ」

鋭介は機嫌が悪くなった。

「アトリイシ、キミノ、ヤザ、アノジンガスコオ」

悠子は首をふり、少し涙ぐんだ。何を言っているのか、さっぱりわからない。彼女は多弁なたちではなかった。鋭介といるときは、鋭介への返事と、用があるときの他は黙っている。鋭介は口をきかぬことにした。

昼はパンが出た。これは日によって違う。トースト、クロワッサン、バタロール、あるいはビスケットやパイの日もある。お茶の時間といったほうがよい。朝、耕一の出かける挨拶を聞いてから一眠りし、十時過ぎに、のり、卵、みそ汁などの伝統的な和食の朝御飯を食べる。二時前後にお茶の時間があり、それがさげられると今度は和菓子とお茶が出る。それは二時半から六時半頃、つまり悠子の言う「おとうさまの御研究の時間」の間中、そのまま出ている。

「おとうさまは、いまでも御研究を続けていらっしゃるんでございますもの。そういう方は顔つきが違いますものね。お食事中でも、そのことを考えていらっしゃることがありますでしょ。ああ、考えてらっしゃるって、すぐわかりますもの」

鋭介は、いろいろの事業をしていた頃は、決して勘だけではなく、必死で調べもしたので、本や資料が机の傍に山積みしている。それらは固い本ばかりであり、いくらかは極秘の資料も混っているから研究といって言えないこともない。

パンの時間にも、夕食の時も、悠子の言葉はわからなかった。耕一もキチも来なかった。

「耕一はどうしたんだ。キチを呼べ」

鋭介は何回も叫んだ。宇宙人のような悠子を相手では食欲も湧かない。しかし、どうやら鋭介の言葉は悠子には通じるらしく、ちゃんと返事をするし、弁解し説明しているのもようすでわかるのである。

二、三日すると耕一も出てきたが、ほとんど口をきかず、鋭介の顔を見ようともしない。

「耕一。お前ら何か陰謀を企んでるんだろう。ふん、おれは気が狂ったりはせんよ。何だ、子供だましみたいに」

耕一が顔をあげて口を開こうとすると悠子が耳もとで何か囁いた。鋭介には「モロミンケ、モロミンケ」と、なだめるように言う。

キチも同様だった。キチは、おそろしく無愛想で無口な女で、家の中に鋭介とキチしかいない時でも口をきかなかった。返事も口の中なのである。したがって、悠子に何か吹きこまれているらしい今、キチから意味のある言葉をきこうというのは無駄というものだった。

鋭介は、ショック療法で悠子に口をきかせようと企んだ。「御研究」の時間に、長時間かかって長押から紐を垂らした。先は輪になっていて、ぶらぶら揺れている。どうみても首吊り用である。

それを見た悠子は心配そうにするどころか、眼を輝かせて「ヒノレンシ」と叫んだ。次の日、その輪に、すっぽりと蔓の垂れさがった観葉植物の鉢がおさまった。それは鋭介が寝ているところから、ちょうどよい眺めのところにあった。鋭介は本当に自分は緑が見たかったのだという気になった。

他の日、鋭介は階段に足音を聞いてから、窓の手すりに足をかけた。窓の下には岩だらけの池がある。それを二階から眺めるために、わざと、二階の鋭介の部屋は下まで垂直にしてある。鋭介は、今にもそこからとびおりそうにしてみせた。悠子は、とめようともせずに「エムヘンケレモ、ヤザンカンチュウノ」と言った。どうやら、何かに感嘆しているらしい。早速、窓の下にオワイ屋の袋みたいなものが取りつけられた。池は干し上げられ、池のあったところに何枚もマットレスが敷かれ、オワイ屋の袋は、そのマットレスまで長々と続いている。その袋が一体、何であるのか鋭介は何日も考えたが、どうやら緊急の時、その袋に入って下まで脱出するらしい。つまり、鋭介が窓からとび出す恰好をしたのは緊急避難の練習をしているように見えたのだろう。

孫の恒夫が突然やってきた。おかしくてたまらぬようにクスクス笑いながら入ってくる。鋭介は、これで人と話せると思ったので上機嫌に迎えた。

「おう、お前か。どこで働くか決ったか」

「キャムビソレ、フィルネンピ」

というと恒夫は吹きだし、笑いやまなかった。何がおかしいのか。

「キムハ、ケシネンピレ、フネンカ」

悠子がきびしくたしなめた。恒夫は必死で口を押さえて笑いをとめようとしたが、とまらない。言いかけては笑う。とうとう何も言わずに母親に何回も首を振ると走り出て行った。

「何だ、あいつ。ばかか」

「ヘェンニシ、テルミケレニ」

急に、鋭介は悠子の言っていることがわかった。「本当にしようがない」と言ったのである。鋭介もヘネヘネ語を使うことにした。実にふしぎなことに、ちゃんと通じるし、意味もわかるのである。

「クニャノメレヤ、クンキツン」

「ゴンサマン、ショーキョンケンテワ」

涼しくなりましたね、今年の月見は何日だい、と嫁しゅうとが和やかに話しあっているのである。

月見がすんだ頃から、再び通じなくなった。

「キムレンナ、ハサマァーンギ」

髪を洗いたい、と身ぶりでやったが、「アンネンネン」とうなずいて、悠子は大きな水盤を持ちこみ、花を活けた。

「タンサンアァシ、スタドレケイノ」

寒いから窓をしめてくれと言うと朝から雨戸までしめてしまう。

鋭介は、こうなってからは悠子のいない時、電話を階上に切り替えて天気予報や、お料理のヒント、釣り情報など聞いていたが、いつの間にか電話は階上に通じなくなっていた。

今まで、言葉は通じなくても自分の意志の通じないことはなかったのである。いたれりつくせりといってよかった。それが、どういうわけか嫌いな鯖の煮付けが出たりする。鋭介は百合の匂いを嗅ぐと頭が痛くなるのに、特別に秘蔵していた最も高価な大壺に山もりに百合が活けてある。片附けろと言うたびに花の数がまし花瓶が大きくなる。いまはキチと悠子の二人がかりでも壺は動かないだろう。壺を据えてから水をいれたのである。鋭介は腹いせに百合の花を全部窓から捨てた。渾身の力をこめて壺を倒した。たちまち部屋は水びたしになった。蒲団まで濡れてしまった。これをどうやって片附けるか、一日や二日では乾くまい、悠子の仕事が増えるのが気味がいい。いや、この光景に驚いて、つい「あらまあ、大変」などと口走るかも知れない。

だが、悠子は驚かなかった。急いで雑巾を持ってきて畳の上を拭いておしまいだった。

「ケチョネンニーヒ、ケレハミンゴ」

蒲団を指さしても「ニエニユ、フウンベ」とうなずくだけである。

発作を起こして医者を呼ばせる企みも、またやってみたが、どんなにもがき苦しんでも悠子は厚い手で背中をさするだけで医者は呼ばない。神経痛が悪化してきて、この頃は、部屋の中でさえ這って歩くくらいなので、それの手当をしてほしいのだが、それも通じない。もはや、階段をおりる元気もなく、窓から叫んでも敷地が広いから外部へは届かないだろう。

鋭介は観葉植物の蔓のさがっている隣りへ、もう一つの輪のついた紐をぶらさげた。どうにかして悠子を屈服させねば、この状況は変らないだろう。そのためには一言でもいいから悠子に意味のある言葉を喋らせなければならない。

踏台に乗ってようやく立ちあがり、輪を顎にかけた。顎の肉がたっぷりついているから、正面から見れば首を吊っているように見えるだろう、悠子の入ってくる頃を見はからって待っていた。襖があけられると同時に両手をだらんと垂らし、白目を出し、舌を突きだした。

悠子は叫ばなかった。そろそろと近寄り、仔細に観察している。よく見れば踏台に足がついているのだから、首吊りでないことがわかる。最初の一瞬が勝負だったのに。鋭介は、あきらめて輪から顎を出そうとした。

「およし遊ばせ、おとうさま」

そのとき、後から悠子がやわらかく鋭介の背中をおした。喋ったな、勝ったぞ、と言おうとしたが、その拍子に鋭介の首は、すぽりと輪にはまり、体がゆらりと前方へ揺れて踏台が外れた。悠子が踏台を蹴とばしたらしい。踏台があったとしても鋭介の足の力は、もう限度へ来ていた。もがきながら、鋭介は、いや、やっぱり、あれはへネへネ語だったかと、考えた。すると今度は、はっきり意味のわかる言葉が聞こえた。

「まあ、おとうさま、すてきですわ。そうやって眼を剝いてらっしゃると凄みがありますわよ。歌舞伎役者が大見得切ってる形ですわね。両手の形も申し分ありませんわ。おとうさま、頑張って下さいましよ。今度こそ、しっかりと本当に亡くなって下さいましね。必ずでございますよ」

日常的二号

いよいよ待ち望んでいた機会が来たのである。

ヒロ子は、うっとりと鏡の中の自分の顔を眺めた。こんなしあわせそうな顔をしていてはいけない、と思うのだが、どうしても笑みがこぼれてしまう。

仏壇の前へ行って、母と夫の位牌に手を合わせた。明日、この仏壇は他の不要な家具類と共に古道具屋へ引き渡す。値の張る大きな家具、ソファやベッドや洋服簞笥などは、そのまま貸すことになっている。ヒロ子は書画や骨董も置いて行くつもりだったが、不動産屋がそれはよくないというので一応古美術店に預けることにした。

「この際、処分なさっちゃ如何です。いいものも少しはあるからね。大部分はカスだけど一緒に取らせて貰いますよ。二千万でどうです。いいマンションが買えるじゃないですか」

古美術店の中年男はヒロ子に熱心にすすめ、断わると脅すように言った。

「預かるとなると金がかかるよ。数があるから責任はとれませんよ。いいものには保険もかけなきゃならんし、保管だっていい加減にはできん。虫干しだって馬鹿にならん。えらく手間がかかる。五十万は貰わなきゃ」

五十万というのは毎月ではなくて一年に五十万だそうである。ヒロ子には夫の残してくれた株券や預金利子などの収入が年間二百万近くあるし、家賃も二百万くらいにはなる。

案内してきた不動産屋が今度は逆に文句をいいだした。古美術屋が目録を作っている間に別室へ呼びだして、こそこそ耳うちする。

「奥さん、あのおやじは信用できませんよ。すりかえられてもわからんからね。大体、ああいう手合が軽く二千万なんてときは、値打ちは十倍あるとみなくちゃ。もっとかも知れん。何年か前だが、二万で買った壺を四百五十万で売ったと自慢してたからね。もう二、三軒当ったらどうですか。悪いことは言いませんよ」

「だって売るんじゃないもの、同じでしょ」

「売ったほうがいいんじゃないですか。あんなものに興味あるの、奥さん。それとも値上りを待ってるつもりですか」

ヒロ子は面倒くさくなったので古美術商のいる座敷へ戻った。不動産屋は山木といって、まだ三十くらい、色白のようすのいい男だが、少し、しつっこい。今住んでいる家に十八万の家賃を決め、借り手をみつけてくれたのは山木だが、縁はそこまでにしようと思っている。山木はヒロ子に今の家を売らせたがって熱心に口説いているのである。ヒロ子としては別にその家に執着しているわけではないが、これ以上、金が入るのは困るのである。相続税を払うために売った伊豆の山荘の金が税を払ってしまってもまだ一千万近く残っている。建物は古かったが土地が何百坪もついていたのである。

こんなにお金があっては哀れに見えるはずがない。

お金は五十万だけ残して、あとは全部定期にしてしまい、通帳も株券も証書も印も、すべて貸金庫に預けた。

いよいよ作戦開始である。

思い返せば永い錯誤の期間だった。

そもそも長沼と知りあったのが間違いのもとだった。知りあったといっても、長沼のほうで一方的に中学生のヒロ子に目をつけたのである。高校は長沼の援助で卒業させてもらった。ヒロ子は勉強は好きではなかったが、成績は悪くなかった。中の上くらいだった。長沼は、ずっと年上に見えたし、金持ちそうでもあったから、母もヒロ子も喜んでいたのである。いまは、こんな狭い借家だから長沼が来ても、ろくな世話ができない、しかし、ヒロ子のほうも学校があって「つとめ」を満足に果たせないのだからしかたがない、と母も言っていた。卒業したら家を買ってもらい、長沼が来るのを待ちながら小ぎれいに暮す気だった。

「旦那が来る日はさ、朝風呂に入って磨いておくんだよ。来ても、いらっしゃいなんて言っちゃいけない。お帰りなさいませと言うんだよ。お前は着物が似合うから、いつも着物を着ているといい」

母は、その日が来るのを、いろいろと空想していた。

ところが、高校を出ると、ヒロ子は母ともども長沼の家に引きとられることになった。しかも、正式に結婚することになってしまった。長沼は先妻と死別して以来独身だったのである。年齢も意外に若く、まだ四十前なのだった。

ヒロ子も母も落胆したが三年も学資や生活費を出して貰った手前、いやとは言えない。

長沼は広大な邸に女中二人と住んでいた。女中たちは一人は年をとり過ぎ、一人は若すぎて何も間に合わず、邸内は、まるで人が住んでいないような荒れかただった。癇性なヒロ子の母は、たちまち家中を磨きたて、庭の手入れまでした。もちろん、木は植木屋に任せたのだが。それまでは長沼も女中たちも庭師というものが、この世にいることさえ知らなかったふうだった。母は女中たちとは気が合わず、働きすぎて疲れて病気になったのだとヒロ子は思っている。ヒロ子のほうも楽ではなかった。長沼は社長でも工場主でもなく、職業もないのに、なぜか金はたくさん入る人で、毎日のように幾組かの来客がある。その接待役がヒロ子だが、控え目すぎてもだめだし、出しゃばってもいけない。中には、わざと無愛想にしなければならぬ客もある。黙って坐っていればいいというものではないのである。

よく十年も続いたと思う。

長沼は風采のあがらぬ無口な男だが、ヒロ子にはやさしかった。大声で叱られたこともない。ただ、えたいの知れぬおそろしさがあった。ヒロ子は、男は皆そうなのかも知れないと思ったりした。結婚して八年目に母が亡くなり、十年して長沼が死んだ。

ヒロ子は六畳と四畳半の部屋を借りた。住むところは、贅沢すぎても貧しすぎてもいけない。次に勤め口を捜さなければならない。これだけは一流を狙いたかったが、そうもいかない。ヒロ子には保証人もいないし、年齢も二十九だから決して若くない。まあ、一流の下か二流の上しかないだろうというのがヒロ子の考えであったが、いざ歓楽街へ来てみると、一流も二流もヒロ子には全然区別できない。店の規模は中くらいがよい。一週間目にようやく決めた。

トキワという変な名の店で女はマダムを含めて五人、男はバーテンと見習いの若いのと二人いる。トキワではホステスを募集してはいなかったが、ヒロ子が申しでると簡単にいれてくれた。

「顔もいいし、体もいいし、うちでは、あんたみたいな素人っぽい子をいれたいと思ってたとこなのよ。お化粧もそのままでいいからね」

背の低いマダムは一目でヒロ子を気にいったらしかった。

「履歴書なんかいいわよ。誰だって事情があるんだしさ。お給料は十日ごとよ。あんたは当分ヘルプだから安いけど、それでいいわね。名前はどうしようかしら」

「ヒロ子ですけど」

前にやめた子がユカリだったから、とマダムはユカリにしたがったが、ヒロ子は頑張ってヒロ子のままにして貰った。

ホステスは、そう若い人ばかりでもない。しばらくいるうちに、ヒロ子より年下が二人、年上が二人だとわかった。四人ともヒロ子より先輩だから、ヒロ子は熱心に観察し、見習った。

まず笑顔が重要である。それも、愛想よく微笑するのがいいというわけではない。いい機会をとらえて、そっと意味ありげに唇の端をあげたりすると男は気にするのである。単純で率直すぎる視線もよくない。一番年下の絵美は滅多に笑わず、物もろくに言わないが、彼女の流し目は、ちょっと凄みがある。

絵美は昼間は学校へ行っている。学生結婚の夫もいるのだ、と夏子が無口な絵美のかわりに教えてくれた。夏子は絵美の次に若い。おっとりしているくせに、お喋りで、話すことすることが少しずつずれている。その間の抜け方に愛嬌があって、絵美とは正反対の魅力がある。夏子は結婚したがっている。客の前でも、その話ばかりする。

「私、いい奥さんになるよ。家の中ですること、皆上手だもの。安月給だって、ちゃんとやりくりしてみせるわ。どんな人でもいいから貰ってくれないかなあ。必ず立派な奥さんになると思うけど」

三十代のホステスのうちの一人は夫の借金を返すために働いている。凄い美人であるが、その夫がやくざだという噂もあり、客あしらいもよくないので人気がない。もう一人は店を持つのが念願だという。

「あと二百万くらい貯めたらどうにかなると思うのよ」

ヒロ子に、そっと打ちあけた。その朝香という子は金を貯めるために荒稼ぎもしているらしい。

「百万ずつのスポンサーを二人みつければいいんだけど、私じゃ無理よね。あんたはいいね、美人だし、グラマーだし」

朝香は、どこにでもいる平凡な奥さまタイプの女で年より老けて見える。ヒロ子は朝香が客に向って平気で露骨な話をするので驚いた。

野寄は、もともと朝香の客だったのである。朝香のほうは、あまり好いてはいなかったらしい。かえって、ほっとしたように言った。

「あのじじい、物凄くけちなのよ。チップだってさ、千円か二千円でしょ、食事に行くったって、せいぜいチャーシューなんだもの。二言目には二号になれ、二号になったら金をやる、なんて言うし」

彼は町工場を経営しているのだという。ヒロ子は野寄でもかまわないと思った。野寄は肥っていて目が細くて髪が薄い。声だけは女のように細いやさしい声である。

「二号なんて古い言い方やめなさいよ。女の子に嫌われるじゃないの。当節は愛人っていうんですよ」

マダムにたしなめられながら飲んでいる。

「でもね、おれにすれば遠慮して言ってるんだけどな。本心は妾といいたいんだ。二号なんて誰でもなれるだろう。しかし、妾は、そうはいかんからな」

「どう違うのよ」

「違う。二号は女が主体でさ、男のほうはパパってことになる。パパってのは都合のいい存在で金だけ出して女の機嫌をとってくれる男だ。妾といえば、相手は旦那様だろ。男からの呼び方だからね、妾ってのは。あくまで旦那様が主人だ。旦那は妾の顔色をうかがったりしないさ」

へえ、そういうものですか、とマダムは聞き流して他へ行ってしまい、朝香は、もっと前からいなくなっていたからヒロ子が相手をすることになった。

二、三カ月いてわかったところでは、このトキワという店は場所は一流だが、客筋は、そう一流ではない。といって最低でもなく、ちょっと金まわりのいい小売店主とか、サラリーマンなら課長クラスが主力である。この店は上品だという客もいるが、実際はマダムが商売熱心でないので店の雰囲気に色気が乏しいのである。その代り、せっつかれなくて勤めよい店である。

どういうわけか野寄はヒロ子には二号になれと言わなかった。希望ばかり述べていた。

「おれも一応成功者だからな、二号がいてもいいと思うんだ。女房だって認めている。ちゃんと教育してあるからね。もっとも、本当のことというと、なめてるらしいんだな。おれに二号なんて持てるはずがないと思ってやがる。おれ、口惜しいよ」

ヒロ子は何回か野寄に夜食をおごって貰った。野寄は決してけちではなかった。鮨もピザも焼肉も御馳走になった。野寄は背が低いので初めのうちはヒロ子は外へ出るときはローヒールにはきかえたが、野寄がおかしいというのでハイヒールのまま歩くようになった。

「うちの女房は、もう萎びちゃって小さいの。もとから、おれは背の高い女のほうが好きだったがね、女房となると、そうもいかんだろ。並ぶときが多いから。結婚式もそうだし、葬式や法事もあるし、この頃は年に何回か仲人もやってるからな。としだって、あまり違うのはまずいわな。わかるだろ」

野寄の妻は五十三だという。

「ねえ、野寄さん、私じゃ駄目」

とうとうヒロ子のほうから切りだした。

「もっと若いほうがいいんでしょうけど、私で我慢できない？」

「本気か。おれは縛るぞ。一切の自由は許さんからな。それでもいいのか」

「いいわよ。何回も聞いたからわかってます」

野寄は、しばらく黙っていた。

「おれ、やっぱり資格がないかも知れん。あまり金を出せないんだ。お前、いくらほしいんだ。やっぱりマンション買えとか、毛皮買えとかハンドバッグとか要るんだろ、二号ってものは」

「そう……そうらしいけど。でも、私、いいんです。生活さえできれば贅沢は言わないわ」

「でも、いくらほしいか言ってくれよ」

「本当にいくらでもいいの」

まだ疑い深くためらってる野寄に、こちらから体を押しつけていった。野寄は感激して有難うを連発し、ヒロ子も第一の関門を通った嬉しさで二人は少年少女のように無我夢中で連れこみホテルへ行ったのだった。

ヒロ子は銀行から金を出してきて小ぎれいな家を借り、女中を雇った。女中は、いままでいたアパートの大家のほうへ通いで来ていた家政婦である。日本髪の似合いそうな顔の大きな五十年輩の女で以前からヒロ子は目をつけていた。動作や物の言い方が、なんだか母親に似ているのである。野寄のよこした金は、それらの費用の四分の一か五分の一にしかならなかったが、ヒロ子は全部足りたと嘘をついた。女中の加山さんにも、そう言い含めてある。

捜せばあるもんだなあ、こんないい家がねえ、と野寄は目を丸くして驚いていた。

「そうよ、知らなかったでしょう。あなたも、これから新しい人生なんですよ、旦那様。世の中には、いろんなことがあるんですよ」

「それにしても加山さんの給料が月に二万円だなんてひどすぎないか」

「いいの、当人も承知してますし、衣食住つきなんですから。死ぬまで面倒を見てあげるという条件だし」

よく聞いてみると、野寄は妻と同じ年齢の五十三、加山さんもちょうど同じだという。

ヒロ子は野寄と話がついたとたんに、もうトキワは止めていた。野寄で充分に満足だった。旦那に相当する男がいさえすればいいのである。旦那の条件は、ヒロ子を二号にすることを承知してくれる男なら誰でもよかった。ただ、若い男だとヒモに見えるかも知れないし、ようすのいい男だと「不倫の恋」だと思われるかも知れない。その点、野寄は安心だった。

野寄の月々よこす金は家賃の一カ月分にも足りず、そのせいか、万事萎縮していて、旦那というより居候ふうだったが、半年もすると、次第に旦那ぶりも板についた。ヒロ子の訓練のせいもあるだろう。ヒロ子は、ともすれば旦那様を冷遇しがちの加山さんを叱咤激励し、野寄にいたれり尽せりでつかえたのである。

ヒロ子のやり方は、すべて母親から教えられたものだった。その母親も二号で、旦那への尽し方は、旦那に教わったのである。ヒロ子の父親でもあるその旦那は立派な教育者であったという。彼の門下からは人材が輩出し、子供たちも堂々たる一家をなし、妻は有名な賢夫人になり、二号もまた模範的二号となったのである。ただし、ヒロ子は彼を直接には覚えていない。母は旦那が大病をしたのを機会に、手切金を貰って別れていたのである。そして、旦那は、手切金を貰って別れたあとの二号の生活のしかたについて教えてくれていなかったために、ヒロ子の母は大変苦労し、ヒロ子が中学へ行く頃には、かつかつの暮らしだったのである。

旦那は週に二回来るものだ、とヒロ子は決めている。薄暗くなりかけた頃に来て、九時か十時に帰る。来ると必ず風呂に入り、ゆっくりと酒を飲む。ヒロ子は爪を切ってやったり、耳くそをとったりする。肩や腰をもむ。魚の骨をとって口に運んでやり、指が汚れたら拭ってやる。旦那は風呂まで歩いて行き、また床の間の前まで戻ってくるだけである。ヒロ子は旦那が不快がるようなことは一切言わないし、しない。加山さんは台所の横の四畳半に引っこんでしまうから、ヒロ子は野寄にしなだれかかったり、拗ねて腿を抓ったり、口うつしで酒を飲ませたり、ありとあらゆる二号らしい秘術を尽す。二号らしい、というのは、絶対に女房のしないことである。しかも九時になると、急に坐り直して野寄を追い返そうとしはじめる。

「もう御本宅へお帰りになるお時間でしょ。もっといていただきたいんですけど、そんなこと、私は言えませんもの。これから三日間は旦那様は、あちらの奥様にお渡ししなければなりません。辛いけど我慢するしかないわ。もう私の持ち時間ではないんですもの、さあ、お帰りにならなくちゃ」

母の言った通りだった。こんなに生きがいのある日々はなかった。暇にまかせて美顔術を施し、ビューティサロンという全身美容の店へ毎週通ってるのでヒロ子は前より美しくなった。どちらかといえば淋しい顔だちだったのが花が開いたように明るくなった。加山さんはよく働きヒロ子は日々の雑用からは完全に解放されている。加山さんは少しいこじなところがあるものの、頭がよく気も強いので、一旦事情を飲みこむと骨身を惜しまないたちである。しかも、いろいろ考えて助言までしてくれる。

「奥さまは家事などなさってはいけませんよ、手がてきめんに荒れますから。でも、たまには真白いかっぽう着を着てごらんなさい。着るだけですよ。お湯を沸かすくらいしかしちゃいけませんよ。かっぽう着姿だと全然別の女に見えてまたいいもんですからね」

加山さんの父親は小学校長だったそうで、加山さんも今まで独身のまま、堅い一方の勤めをしてきたのである。そんな人がヒロ子の意図を理解して、「理想的な二号のありかた」を一緒に研究してくれるのである。面白がっているのか、それとも金の出所がヒロ子だと知っているからか、加山さんの気持ちはヒロ子には、よくわからない。

野寄は肥っているように見えていたが、裸になると肩が前かがみになって貧弱だった。肩幅が広いので、がっちりした体格に見えるだけだった。精力もあまりないようで、酒を飲んだきりで帰ってしまうことのほうが多い。そのうち、台所の加山さんも呼びだして話し相手をさせるようになり、そうなると、ますます本来の二号の御用は減った。加山さんとヒロ子は後で互いに反省しあい、極力、野寄とヒロ子だけでいようとするのだが、肝心の旦那が加山さんと話したがるのだからしかたがない。

野寄は二号持ちの旦那になるべく修業中の身であるから、ヒロ子は話題から立居振舞にも干渉する。

「いい旦那ってものは粋でわけ知りで、お金の話なんか決してしないものですよ。御本宅の悪口なども見苦しいし、他人の下品な噂話は格が落ちるわ。お話しになるのは、どうでもいいような遊びの話が一番いいの。梅は咲いたか桜はまだかいなってことね。年中遊び暮しているようなお顔をなさって下さいね。そうでなきゃ猥談ね」

野寄には次第にそれが面倒になってきたのかも知れない。ヒロ子のほうも、旦那と妾宅の女中がどんな会話を交すべきかは知らないので、野寄が加山さんと何を話しても文句はつけられない。野寄の口は加山さんに向うと急になめらかになり、彼の詳しい事情がヒロ子にもおいおいわかってきた。野寄は、たしかに鉄工場を経営しているが、資本は彼の妻の叔父が出していること。したがって決った金しか貰えないので、さまざまに細工して金をくすねていること。最近、競争相手ができて仕事を横どりするので困っていること。彼の妻は真面目すぎて陰気なので楽しくないこと。嫁に行った長女が始終帰ってくること。息子のできが悪くて希望の高校へ入れそうもないこと。彼の家は古くて、そろそろ建て直さなければならないこと。庭は、この家より狭いこと。

ヒロ子は、そういう話を黙って聞いているしかなかった。口を挟むべき立場ではないからである。加山さんは、そうではなかった。強い意見を出す。人の資本でいくら稼いでも何もならない、借金しても自分の工場を持ちなさい。息子は社長の息子なのだから別に学歴はいらない、私立のやさしいところへいれたらよい、家の建てかえは一部だけにしておきなさい、全面的改造は息子が嫁さんを貰うときにしたほうがいいと思います。

野寄は一々納得し、加山さんの意見を頼りにしているらしい。ついには刑事事件をおこしたベテラン工員の処置から、金ぐりの相談まで加山さんにするようになった。加山さんは茨城のほうに姪がいて時々、二、三日暇をとってそちらへ行く。そういうときに野寄が来ると、話は少しも弾まない。そらぞらしい会話だけがぽつりぽつりと続けられる。

「このごろ、お疲れのようね。いい人がおできになったんでしょ」

「温泉へ行ったからね。湯疲れしたのかな」

「まあ、お一人でですか。私も連れて行ってほしいわ。どこの温泉ですか」

「ええと……山のほうだ。山の中にある温泉」

「憎らしい。隠したりして。誰と行ったんですの、どこの美人なの」

温泉へなど行くはずがない。最近は月々のお手当さえ滞っている。先日も変な電話を聞いてしまった。加山さんに買物の追加を頼もうとしてヒロ子が慌てて加山さんを追いかけ、野寄だけ残っていたのである。ヒロ子が、そっと裏口から入ると、野寄が電話で、五十万でいいから何とかしてくれ、と言っていた。明日中に五十万ないと破産すると頼んでいる。大げさに言っているのかも知れないが、彼が苦境にたっているのはたしかである。ヒロ子は野寄に知れないよう、背広の内ポケットに五十万いれておいた。呉服屋の内覧会へ行くつもりで銀行の定期を解約しておろしてあった金である。あれから何日もたつが、野寄は、その金について何も言わない。

野寄が破産するなら、それでもよいとヒロ子は思っている。野寄は冗談めかしながら、そうなったら家を出るしかないと言ったことがある。現在の家屋敷は妻の名義になっているし、妻の実家は裕福なので、今までにも再三借金をしている。野寄がいないほうが妻は実家の援助を受けやすいのである。旦那は二号のために破産し、二号は、無一文になった旦那を養う、そういう関係は実に美しいと思う。以前、ヒロ子のいたアパートの近くに六十過ぎの老夫婦がやはりアパート暮らしをしていた。ヒロ子は、彼らが元旦那と元二号に違いないと決めていた。老人のほうは色白の丸顔で、いまだにお坊ちゃん風な品のよさがあった。おばあさんのほうは気の強そうな常磐津のお師匠さんである。純粋に日本的な顔だった。真夏に安物のワンピースを着ていても浴衣姿に見える。老人は、お弟子さんの来ている間は公園をうろうろしている。終るとお師匠さんが迎えに来て、馴れた手つきで三尺を締め直してやる。どういうものか、老人の三尺は、すぐほどけ、大抵ほどけたままで引きずって歩いているのだった。

そうだ、常磐津か三味線か長唄でも習っておこう、とヒロ子は思い、加山さんに相談した。

「無理ですよ。何年もかかるもの。それより、またバアへ出ればいいじゃないですか」

「でも、それは男相手の商売でしょ。旦那に悪いわよ」

「そんなことありませんって。妾は皆そうやって零落した旦那を食わしたんですよ。顔で笑って心で泣いて男の相手をするなんて情緒があっていいでしょうが」

「そりゃあ、いいわよ。だけど、としとったらできないじゃない。五十や六十じゃ」

「それじゃ、借家かアパートを建てたらどうでしょう。駐車場なんかもいいし、貸店舗もいい。それとも洋品店でもやりますか」

こういうところは、やはり素人だなとヒロ子は、がっかりするのである。二号がアパートを経営して旦那を養うなんて聞いたことがない。全くさまにならない。

野寄の二号になってから一年過ぎた。お手当は初めの半年だけだった。暮に、本宅からといって野寄は反物を持ってきた。これは野寄の買ったものらしい。ヒロ子が、本宅は盆暮には二号に何かくれるものだと言ったからだろう。ついでに、二号は正月には本宅へ御挨拶にうかがうことになっていると言ったのも覚えているらしく、大晦日から正月は京都へ行っているから、こちらへは来られない、とヒロ子を牽制した。加山さんも姪の家へ行ったのでヒロ子は正月の五日までは一人きりだった。どうやってここをみつけたのか、例の美男の不動産屋がやってきて中へ入りたがったが、ヒロ子は、きっぱり断わった。雄猫さえも飼わぬようにしているのである。

寒があけてからあと、ひどく寒い日があった。朝から掃除もせずに自分の部屋で何かしていた加山さんが、突然ヒロ子に言った。

「お暇をいただきたいんですけど」

「どうしてまた急に。どういうわけよ。姪御さんの家へ行くの」

「いえ」

「働くのがいやになったの」

「そんな。こんないいお宅はありませんでした」

「これからどうしようっていうの」

「家政婦会へ戻ります。もう部屋もみつけて契約もしてありますので」

「理由を言ってちょうだいよ」

「申しわけございません。かんべんして下さい。私だけのことなのですから」

加山さんには頑固なところがあるので、どんなに訊いても同じ答がかえってくるだけなのである。しまいには面倒になって、ヒロ子は今月分の給料と退職金を渡した。加山さんは何度もお辞儀をして出て行った。

久しぶりに野寄がやってきて、ようやく、そのわけがわかった。野寄は、すでに加山さんの借りた部屋に住んでいるのだという。鉄工場から手を引き、妻子とも別居している。

「やっぱり、二号を持てる人間じゃなかったんだな。それがわかったのは、お前のおかげだよ。おれなんかを間違って旦那にして気の毒だったな。今後もせいぜい精進しておくれ」

野寄は、いつものように老人くさくはなくて、中年男のように活気づいていた。

「私と手を切るということですか。それで加山さんを二号にするの」

「馬鹿言っちゃいけないよ。あんな男か女かわからん奴」

「じゃ、どうして一緒になるの。本宅と別れて結婚するの、あの人と」

「だから、言っただろう。妻でもないし、二号でもない。何でもない。ただの婆さ」

「そんなこと言って。二人で私を騙して」

言っているうちに涙が溢れた。野寄には何の執着もないし、加山さんも好きではない。それなのに涙が出てくる。思いがけない涙だったが、こういう場面にはぴったりだ、と心の底で満足している。

「ただの婆が向いてるんだ、おれには。これから新規まき直しさ。まあ、体には自信があるから何とかなる」

野寄の目は上を向いている。ヒロ子の涙には何の感想も持たぬらしい。しかたがないので、お世話になりました、とヒロ子は型通り手をついた。また、いい旦那をみつけよう、と頭をさげながら思った。

日常的親友

サッちゃんが死ぬ。もうじき死ぬ。

初めにそれを聞いたのは、サッちゃんの妹の良子さんからだった。良子さんは泣きながら電話をかけてきた。それは夜中の十二時半だったから、私は眠れなくなってしまった。次の日は一日仕事ができなかった。その次の日には、あれは夢だったのだと考えた。

一週間後に当のサッちゃんから手紙が来た。

「日本は、もうじき梅雨ね。いままで二十年も、あちこちほっつき歩いていて、一度も梅雨のことと考えなかったんだけど。あのじめじめした雨とか、裏の物おきの戸にはえた青灰色のカビとか、湿っぽい匂いとか思いだしています。

別に死ぬ前に里心がついたというわけでもないのよ。ただ、ぼんやりそんな風景を頭に浮べているだけ。私、本当にのんびり暮しています。コースケも、私が死ぬまでは、ここを動かないと言ってくれてるし。

あとになったけど、私、あと二、三カ月で死ぬんです。早ければ一カ月ですって。梅雨になるまでは生きられないわ。内臓のあちこちに癌が転移しているの。金髪の大男のお医者さんがそうおっしゃったの。事務的だから助かったわ。

だから、この手紙で最後になるかも知れない。ごめんね」

サッちゃんはカナダにいる。なんでもカナダでは病状をすべて当人に知らせなければならないという法律があるのだそうだ。良子さんがそう言っていた。

私はサッちゃんの手紙に何と返事を書いたらよいかわからなかった。それどころでなかった。サッちゃんがこの世にいなくなるなどということは考えられない。サッちゃんが死ぬくらいなら私も死ぬ。サッちゃんには、お母さんも妹もいるし、第一、最後までつきあってくれるコースケという夫もあるが、私にはサッちゃんしかない。私の肉親といったら女房のロボットみたいになってしまった弟だけだ。私がこんなとしで一人暮らしなので、弟は姉に転がりこまれたら困ると心配しているらしい。

「姉さん、老後の心配ちゃんとしといてくれよ。無駄づかいしすぎるんじゃないか。当節は金さえあればデラックスな老人ホームがあるからね、いまからしっかりためとかなきゃ駄目だぜ」

「それでポックリ死んじゃったら、ためた金はどうなるの。あんたにやるために貯めるようなもんじゃない」

「姉さんは、しぶといから、そう簡単にはいかないさ」

「いいわよ、お金がなくなれば、さっさと一人で首吊るから」

「どうでもいいけど、おれは面倒みないからな。別に世話にもなってないし」

弟嫁は、そんな会話の間中、聞こえないふりをしている。彼らに逢っても面白いことは何もないので、弟たちとは、もう五年も逢っていないのである。

はじめて人の死に出会うというわけではない。八歳のときに祖母が死に、十九で母、三十五のとき父が死んだ。父が死んだのは辛かった。私は父の再婚相手の女を軽蔑し、憎んでいたから父とは何年も会っていなかった。しかし、父が病気だと知れば、とんでいっただろう。父は二日寝ただけで死んだのだった。死んではじめて、私は自分にとって父がどんなに大きな存在だったかわかった。悲しさより怒りのほうが強かった。結婚も無意味に思われ、さっさと離婚してしまった。子供がなかったから、大して問題はなかった。

大体、私は父を安心させるために結婚したようなものだった。生前の父の一番おそれていたのは私の離婚だったから、私は別れることもできなかったのである。

私は父の死後一年間、何もかもほうって薄暗い家の中でじっとしていた。それでも暮せたのは、やはり、夫のおかげだろうか。彼は私が父から受けとった遺産に関する税金や手続き一切を私に代ってしてくれ、しかも残った金を一年定期にいれて、決った額だけ生活費として毎月貰えるように仕組んでいった。いかにも父が見こんだ男らしい。

どうして一年と区切ったのだろう。

「一年間だけは君のようすを見ていてやるよ。まだ責任があるから。しかし、その後は知らん。

また赤の他人だ。いいね」

彼は、そう言い、言った通り、その一年間は月に一度電話をするか、顔を見せた。癪なことに一年たったら、私は何かしたくなり、自分の財産がちょっとしたものであることを知ったのだった。

それからまた十年たった今は、父に対しては淡い懐かしさしか残っていない。

サッちゃんは幼稚園からの親友だった。小学校も中学校も高校も短大も皆同じ。ながい間には親友でなかったこともあり、他の人と親しくなったこともあったが、短大を卒業する頃には特に親しく、同じ会社に入れたときは嬉しくて二人で泣いてしまった。サッちゃんは二十六で結婚して、三十一で離婚し、私は三十で結婚して三十五で離婚した。結婚していたのが五年間というところまでは似ていたが、サッちゃんは三十七で再婚すると、すぐにカナダへ行ってしまった。二人の、そういう出入りのあった時期は少しずつずれていた。だから私たちは互いの結婚や離婚について実に真剣に考えてやることができた。さまざまな角度から検討し、プラスとマイナスを数えあげ、可能性を見極めた上で助言し賛成や反対をした。二人とも離婚したところを見れば、それは冷静で客観的な評価だったとは言い難いが。なにしろ、一人が夢中になると、相手のほうにもうつってしまうのだからしかたがない。

実のところ、コースケは、私には疑わしい人物に思われた。四十にもなって初婚だというのも変だし、定職もない。本人は自由業と称していたが、要するに文化屋である。カメラマンとしての一応の腕があり、文も書ければ、座談会のテープをおこしてまとめるのは名指しで頼まれるほどの才能があり、レタリング、宣伝のコピー、イラストから、店舗設計、インテリア、企画屋、呼び屋、プロデューサー。何でもできる。テレビの変な深夜番組のサクラみたいな役をやっていたこともある。

当然、大都会でなければ生きられない男である。一方、サッちゃんは田舎っぺである。目も鼻も丸く、雀斑だらけで、いいとししてお河童頭。

私が自分の店に夢中になっていなければ、もっと強烈に反対しただろう。私は自分の「お人形屋」のことで頭がいっぱいだったのだ。この店には人形に関するものしかない。その代り、人形のことなら何でもわかる。人形は二百万の人形から二十円のまであり、作りたい人は、どんな人形でも作れる。一年でようやく頭だけできる人形もあるし、二時間で全部できてしまう人形もある。私が「お人形屋」を開いて一年目、ようやく黒字になろうという時だったから、私は、そちらに精力を使いはたしていたのである。

サッちゃんは、あんな男と一緒になったから癌になったのかも知れない。カナダへ行ったのが悪かったに違いない。

向うへ行って一年目の手紙に野外パーティーを開いたとき焼肉を二キロ食べたと書いてあった。サッちゃんは背が低いので体重は四十キロ前後しかないはずで、そうすると自分の体重の二十分の一の肉を食べたことになる。そんなことが体にいいはずがない。野菜好きだったサッちゃんはコースケと結婚してから、肉ばかり食べるようになった。生野菜を洗面器ほどもあるボウルにいれてバリバリ食べているから大丈夫、と彼女は言っていたが、中年からそんな急激に食生活を変えるのは危険に決っている。

最初にカナダへ行ったのはコースケの仕事のためであったが、彼は、そこがすっかり気にいったらしく、一年に何回も行くようになり、ついに向うへ住みついたのである。

誘われて私も行ったことがある。

カナダに興味があったのではない。サッちゃんに逢いたくて行ったのである。サッちゃんは私にもカナダ定住をすすめた。たしかにいいところだし、サッちゃんの傍に住めるのだから、私の心は、だいぶ動いた。結局、やめたのはコースケの存在と、人形屋への未練のためだった。

私は、いろいろと他のことを考えようとしたが、どうしてもサッちゃんが死ぬことが頭から離れない。父のことを考えるときだけ、少し気がまぎれるが、それでもせいぜい五分か十分だった。

皆で私をかついでいるのだ、騙して喜んでいるのだ、と考えようとしても、うまくいかない。「皆」とは、サッちゃんと、サッちゃんのお母さん、良子さん、コースケである。サッちゃんとコースケなら、やりそうなことだが、お母さんや良子さんは、まさか、そんな悪い冗談の片棒をかついだりはしないだろう。お母さんは、カナダへ発つ前に私のところへ来て泣いたのだ。最初は「生前の御交誼を感謝し」みたいなことを言っていたが、途中から泣きだし、しまいには「あなたは、こんなに御健康なのに。あんなに仲のよかったあなたは、こんなにピンピンしてらっしゃるのに」と恨めしそうに言った。

私はサッちゃんに何か手紙を書かなくてはならない。私が父の死で沈みこんでいるとき、サッちゃんは本当に情のこもったよい手紙をくれたのである。その手紙は私の悲しみを和らげはしなかった。だが、悲しみの質は変った。吹きすさぶ枯野の中に孤りぼっちだったのが、いつの間にか花びらの落ちてくる中で春の風を受けながら泣いている感じになった。冷えて固まった心が甘い悲しみに満たされ、徐々に私は立ち直ったのだった。

「サッちゃん。頑張らなくては駄目よ。あなたらしくないわ。そんな毛唐のでたらめを信じて死ぬ気になるなんて」

これでは、そらぞらし過ぎる。

「誰だって死ぬまでしか生きられないのです。三歳で死ぬ子が哀れだなんてことは誰にも言えない。百歳まで生きるのが幸せというはずもありません」

まるで、あきらめて死ねと言わんばかりだ。

「私をどうしてくれるの。私をおいて一人で死ぬ気なの。そういうつもりなら私のほうが先に死んで化けて出てやるからね。覚悟しとれ」

何回も書き直しているうち、私はとうとう大声で泣きだしてしまった。泣く前は、大抵は予感があって、胸のあたりがもやもやし、鼻がツーンと詰ったようになって、涙がジワッと湧いてくるのが普通なのに、そのときは、いきなり吠えるような泣き声が出た。誰の声かと一瞬自分で怯えたほどだった。泣きだすと壊れた機械のように止らなくなった。ばか、ばか、ばかと私は泣き叫んだ。まさか、隣の家へは聞こえないだろうと少し心配だった。

次の日は全然違う手紙を書いた。

「柿の若葉がきれいだよ。もったいないくらいよ。といっても、うちの庭じゃないの。角の偏屈婆さんの裏庭の柿の木のことなり。人形屋は中くらいの成績。まあまあ儲けてます。女の子を二人雇って私は経営者なんだからね。それで少し暇になったから、またそっちへ遊びに行くよ。思いたったら急に行きたくなっちゃったので、なるべく早く行く」

こんな書き方なら見舞に行くとは思うまい、と考えてから変な気がした。早ければあと一月と知らせてきたのは本人なのである。病状をさとるもさとらないもないではないか。

あれから、もう半月経っているのである。私は慌てて旅券をとったり、スーツケースを借りたりした。そうやって、ばたばた動いている間だけ少し元気になった。

しかし、彼女の顔を見て泣かずにいられるだろうか。行ってすぐ帰るわけにもいかない。一昨年は二十日間滞在したのである。コースケがどういう仕事をしているのかは、よくわからなかったが、いまはちゃんとした会社にもぐりこんでいて毎朝せっせと出勤する。そこでサッちゃんと私は昼間にあちこち食べ歩いたり、二人で二泊か三泊の名所見物に出かけたりした。

今度は、いくらサッちゃんでも旅行は無理だろう。良子さんの話では、サッちゃんは入院しないで家にいるそうだ。寝たきりでもなく、花をいけたり、絵を描いたり、詩を作ったり、ゆっくり好きなことをしているという。そうすると、私は朝から晩までサッちゃんと顔をつきあわせていなければならない。そんな辛いことはしたくない。

行くのを一日延ばしにしていると、また良子さんから連絡が入った。サッちゃんには少し年下の従妹がいて、大変親しかった。十一も違う良子さんより、その従妹のほうを可愛がっていた。その従妹は高校時代に親を亡くしたのでサッちゃんの家で暮していたこともある。その従妹がカナダへ行くというのをサッちゃんが断ったというのである。

誰にも来て貰いたくないのかも知れない。私はカナダ行きを少しずつ延ばしていた。サッちゃんの返事が来てからにしようと思った。そう決めると、今度は逆に、せきたてられる心持ちになった。いますぐ行けばサッちゃんに逢えるかも知れないのに、こうやってぐずぐずしているうちにサッちゃんは死んでしまうだろう。そうしたら、もう永久にサッちゃんには逢えないのだ。私は死ぬまで後悔するだろう。机の上には旅券も揃っているし、着替えから、お土産まできちんと詰めたスーツケースも部屋の隅においてある。お店をあけてもよいように、あとの手配も万全に整っている。どうして出かけないのか。

四十日目にサッちゃんのお母さんが日本へ戻ってきた。お母さんは、サッちゃんが死ぬまでいる気で、そういう覚悟で出かけたのである。なぜ戻ってしまったかというと、サッちゃんから良子さんへ手紙が来たからである。

お母さんは半病人のようになってしまい、食事もとらないし、庭へ出ることもできない。病気ということもないが体の衰弱が激しいと医者が言っている。こちらでは人手がないので看病できない。毎日泣いているのでコースケも私も、すっかり気が滅入ってしまった。何とか、そちらから迎えに来て貰えないか。

そこで良子さんが迎えに行った。

帰ってきたお母さんのようすは哀れというほかなかった。私のことも忘れてしまって見わけがつかないらしい。

私は何となくようすを見に行ったのだが、お母さんは一まわり小さくなり、皺だらけの顔でぼんやり私を見ているだけで挨拶もしない。もともと景気のよい人ではないし、愛想もよくなかった。しかし、しんは神経の細かな、やさしい人なのである。母の死んだ年、サッちゃんとお揃いの浴衣を縫ってくれたことがある。それに、サッちゃんのお母さんは、どちらかというと良子さんのほうを可愛がっていた。少女の頃から、としをとったら良子さんと一緒に住むことに決めていた。良子さんは、おとなしくて思いやりが深くて、お母さんを大事にしていた。サッちゃんよりずっとしっかりしている。サッちゃんは問題児だった。煙草を吸う、家出はする、結婚も離婚も、お母さんには相談なし。カナダへ行くのを見送りに行ったとき、お母さんは飛んでいく飛行機を見ながら、こう言った。

「私は自分の娘は一人だと思うことにしています。だから幸代のことは何も反対しませんでした。最初からいなかったのだと思えばいいものね」

そのとき、サッちゃんは、まだカナダ永住を決めてはいなかったが、お母さんは直感的に知っていたのだろう。

いないことにしている娘でも死ぬと決ると親は、それほど頭が変になるものか。

いっそ、死亡通知が来たのなら、お母さんも悲しむだけですんだのに。

そうだ、もう死んだと思うことにしよう。私はサッちゃんのお母さんを見てから、いよいよカナダへ行くのが辛くなったので、必死に、この考えにすがりついた。

サッちゃんが死んだら悲しい。友達のいない私にとって、ただ一人の友達なのだから、どんなに悲しいか。ところが、いっこうに私は泣けないのだった。私はサッちゃんの「生前」の姿をいろいろ思いだそうとした。幼稚園の頃。小学校。中学、高校、短大。成人してから。思いだすことは、いくらでもできた。だが、その場面場面は、おそろしい速度で通り過ぎた。まるで暴風に吹きとばされる雲のようだった。そのあとに、今のサッちゃんがいる。今のサッちゃんと言っても、はっきり姿が見えるわけではない。そうではなくて、サッちゃんという塊りがある。

私は頭を振り、強引に、そのサッちゃんを振り払う。それでもたりないので、お店で使っている女の子や、親しい常連の客に、自分の親友が死んだと告げて歩いた。

「癌だったの。カナダで亡くなりましたの。肉親より親しいくらいだったんだけど、しかたないわね。死んじゃったんだもの」

皆は信じて、いたわったり慰めたりしてくれた。世の中には男の人形ファンというのもいる。

その一人は若い画家だが、彼にその話をしたときは、私は泣いてしまった。本当の涙か嘘の涙か自分でもよくわからない。妙にあやふやな腹だたしい気分だった。心の底で、自分はいま二十も年下の、この男に甘えているのだと感じていた。その晩は一人で飲んだ。

そうやって努力しているうちに、ようやく私の気分も落ちつき、サッちゃんの死んだあとの生活ができそうになったとき、サッちゃんの手紙が来たのである。

「辛いから逢わないで逝こうと思ったけど、やっぱり一目逢いたいの。誰にも逢わなくていいけど、あなたにだけは。一目でいいわ。あなたが手紙をくれない気持ちも私には、よくわかっているわ。逢わないほうがいいということもわかっているの。私は死ぬからいいけど、あなたのほうは、たまらないでしょう。母にも悪いことをしてしまったわ。誰にも何も言わなかったほうがよかったのね。でも言わずにはいられなかった。重くてたまらないのよ。誰かれかまわずに頼んで少しでも軽くしたかった。自分勝手ね。そんなことが許されると思ってしまうのね。私は強くないから。コースケのお蔭で自殺せずにいられるのよ。彼は今でもケラケラ笑って平気な顔をしているわ。でも、彼はこの二カ月に五キロも痩せました。悪い、すまない、なんて、もう思わないの。あなたにも最大のわがままを言わせてもらう。来てちょうだい。逢いたいんです」

私は、いっぺんに崩れて泣いてしまった。泣きながら着替えや洗面道具を詰めた。サッちゃんは死んだことになっていたので、すでにスーツケースは片付けてあったのである。

気をまぎらわせるために私は人形展だの、人形を描く会、抱き人形無料講習会、人形クラブなど、さまざまな企画をたてていたので、日を延期したり、私の代りの人間を頼んだり、あれやこれやで支度に一週間かかった。目のまわる忙しさだった。

準備万端ととのって出かけるばかりになった日、コースケから手紙が届いた。どうやらサッちゃんと同じ日に出した手紙らしい。

「あなたに逢いたがっていますが、どうか来ないでください。幸代は、あなたに逢えば安心して死ねると言っています。本当だろうと思います。いまは、それだけで生きているみたいなのです。あなたに逢えば、ほっとして気がゆるむのが目に見えています。

ぼくとしては一日でもながく幸代を生かしたい。カナダの医学は進んでいますからね。明日にでも治療法がみつかるかも知れないのです。だから、あなたは、来るようなことを言って、来ないでほしいのです。一日延ばしにしてもらいたい。あなたには迷惑に違いないが、ぼくは、いまどんな恥知らずなこともする気です。何卒協力して下さい。お願いします」

私は、その手紙に書いてあることの意味がよくわからなかった。わからぬまま新幹線に乗り、空港行きのタクシーをつかまえた。サッちゃんが私が行くのを待っているのだと思い、追いかけられているように小走りになって、急いだのだった。だから、空港へ着いたのは三時間も前だった。私は一時間ほど、ぼんやり待合室に腰をおろしていた。頭の中には何もなかった。サッちゃんのことさえなかった。大勢の人たちが送迎ゲートへ走って行き、また私の前を通って出て行った。人気のある歌手グループが帰国したらしい。若い女の子が大部分だった。その中に男も少しは混っていた。その中の一人は、私の真前で足を辷らせてカメラらしいものを床に落し、大げさに慌てた。畜生、こわれてたらタダおかん、と怒ったのだ。私は笑わないわけにはいかなかった。私を睨んだ男の顔は五十代のようで、そんな人が赤い革ジャンにブーツという姿であったから、私は、なお笑った。笑ったせいで、昨日からほとんど何も食べていないことに気づいた。

コースケの手紙に書いてあることを理解したのは、食堂でヒレカツ定食を平らげてからだった。

結局、カナダへは行かなかった。

店へも行かず、家でじっとしていた。

サッちゃんからもコースケからも手紙は来ない。

私はサッちゃんが死んだことにするのはやめて、今度は自分が死んだことにした。店へも隣り近所へも半月ばかりカナダへ行くと言ってあったから、ちょうどよかった。新聞や牛乳は止めてある。郵便受けだけ夜中にこっそり調べる。もちろん電話にも出ない。食べものは罐詰やインスタントラーメンがある。もともと私は食べものには凝らない性分だった。いまごろになってそれが離婚の原因の一つになっていたのではないかと思い当る。離婚を言いだしたのは私のほうだったが、夫もそれに全然反対しなかったのである。あの後、夫からかかってくる電話の文句も決っていて「ちゃんと食事してるか」だった。私は料理に興味がないばかりでなく、食事時間にも頓着しなかったので、一日に一食ということはざらだった。まして今は死んでいるのだから二日に一食でもいいと考えたが、そうでもなかった。テレビを見たくなり、果物を食べたくなった。すっかり緊張感がなくなってしまっている。

二階の窓を少し開けて涼しい風に吹かれながらベッドに寝そべり、枕もとのドロップを舐めているると、しあわせな気分にさえなった。このドロップは非常食糧のリュックの中に詰めてあったのである。私は、おかきやパイが好きでドロップのような甘いべたべたしたものには手を出したことがなかったのに。

赤いのは苺の味、黄色はレモン、白は薄荷、緑はメロン。青色はぶどう。掌にのせて眺めていると楽しくなって微笑が浮んでくる。

時々、ハッとしてサッちゃんのことを考えようとする。サッちゃんの病気の話を聞いたのはまだ少し寒い頃だった。良子さんから電話が来たとき素足のあしのうらが冷たかった。私は寝巻きのままで階下へ駈け降りたのだった。私の肩の上に寒さが重い幕のように一枚ずつ載り、私は震えた。いや、サッちゃんが死ぬということのためだったか。本当に良子さんは泣き声で、いきなり「姉が死にます」と叫んだのだった。

いまは暑かった。

私は隣りの共稼ぎの夫婦が二人とも出かけてしまったのを見はからって洗濯機をまわし、台所に洗濯物を干す。日に干せないことや窓をあけられないことがうっとうしかった。火を使うと、ますます暑苦しい。紅茶もお茶もなくなったので私は水ばかり飲んだ。

汲取りの人が来たときは、おそろしかった。彼らは毎月一回木曜日に来る。木曜日は私が在宅している日なのだ。私のところは雨水が流れこむから人間は一人でも四人分くらいの分量があると文句を言うので、私はいつも到来物のウイスキーをあげたり、チップを渡したりしている。そのせいか、いつまでも戸を叩き、窓から覗いたり、裏口の戸をがたがた揺すったりする。あるいは家の中に人の気配を感じたのだろうか。私は息を殺して動かなかった。動悸だけが激しかった。やっと彼らが去ってから、これではまるで犯罪者だと思った。どうして私はこんなことをしているのか。

次の日、私はカナダから帰ってきたことにした。店へ顔を出し、近所へも声をかけ、家中の窓をあけはなした。

カナダからの土産物がないことに後で気がついたが、私は何も言わなかった。私が死病の親友を見舞に行ったことは皆知っている。土産どころではないと思うだろう。

「もう通り過ぎたんですね。回復なさったみたい。前より若くおなりですわ、店長。ひょっとして、お友達の方、誤診だったのですか」

お店の林さんが、そう訊いた。考えてみたら、私はカナダの話を一言もしなかったのだ。それなのにオー、ハッピデエイなんて鼻歌を歌っている。私は愕然とした。サッちゃんは、まだ死にかけているのだ。私がこんな陽気でいいはずがない。

「もう考えないことにしたのよ」

私は、ことさら湿っぽい声で言った。

「そうですか。そのほうがいいですよ。私の話もしやすくなりましたわ。実は、私、結婚することにしたんですの」

誰と、と私は涙ぐみながら訊いた。

「あのう、渡辺さんと……」

私は泣きだした。悲しくてたまらなかった。いや、心の底から悲しいのではない。頭のどこかで悲しまねばならぬという命令がくだされて、命令通りに悲しんでいる。林さんは疑わしげに私を見ていた。

「そう。渡辺さんと。とうとう。まあ何てことでしょう」

私は嗚咽しながら言った。渡辺さんというのは人形好きな若い画家である。林さんとは以前に深い仲だったが、たしか喧嘩別れしていたはずだ。また焼けぼっくいに火がついたのか。林さんと渡辺さんはいいコンビだと私は思っていた。林さんは三十を過ぎているが、頭がよくて気の強い美人だ。渡辺さんは二十八くらい、頼りない貧弱な男で考えも絵も甘ったれているし収入も少ない。それでもある種の才能はあるらしい。うちの人形の絵の個展では、ほとんど皆売れた。

「気の毒に。でもよかった」と私は、しゃくりあげながら言い、奥へ入った。

良子さんが店へ来た。黒いワンピースを着ている。半袖なので毛深い腕が見えた。良子さんは痩せて顎の張った妙な顔になった。私は店のガラスを拭いていたので「ごめんなさい、ちょっと待ってね」と言った。良子さんは何も返事をしなかった。もしかしたら、あの黒いワンピースは喪服かもしれないと私は思った。良子さんとは、そんなに深いつきあいはないから、彼女の趣味はよく知らないが、それでも、こんなに気持ちのいい日に黒い何の飾りもないワンピースに靴下まで黒いというのは変ではなかろうか。

「わかりました。亡くなったのね。そうでしょう。私、もう驚かないわ」

私は、にこにこしながら言った。良子さんはうなずいて目頭をおさえた。

「いいから。もう覚悟はできてるもの。いっそさっぱりするわ。で、いつなの」

「あなたがカナダへ行っていらっしゃるときです」

「あら、そうだったの」

こたえてから私は混乱した。それでは私はサッちゃんの死に立ち合ったのだろうか。

「ええ。風邪がもとで。体も衰弱してましたし。これで姉が死ねば私の身寄りは一人もいなくなってしまいます」

「ねえ、誰が死んだというのよ」

良子さんは静かに泣きながら「母です」と言った。

とたんに、私はふきだした。サッちゃんのお母さんのことだったのだ。どうしてそんな思い違いをしたのだろう。笑いだすと止らなかった。良子さんは凄い顔をして立ちあがった。

「何がおかしいんです。私の母が死ぬと嬉しいんですか。私の姉が死ぬに決っているのが面白いの、あなたは」

私は笑いを止めようとしたが、止らなかった。笑わねばならぬ、と誰かが私の頭に命令している。

「だって、そうじゃない。死んだんですって。まあ」

笑い転げながら私は言った。

「残念ですけど姉はまだ生きてますの。笑いたければ死ぬまで笑ってればいいんだわ」

良子さんは怒って出て行った。

私は、どういうときに、どういう顔をすればよいかわからなくなった。人形教室の奥さんの子供が交通事故で重傷だと聞いて笑いだし、出産祝いを持って行って、さめざめと泣いた。

もう秋なのにサッちゃんは、まだ死なない。

日常的レズ

降るのか晴れかよくわからない。

朝から重苦しい曇天で気分もすっきりしない。別に日曜だから何かしなければならないということもないのだが、何もしていなくても、こんなに薄暗いのは面白くない。

机の上の男の写真もうっとうしい。

小柄で精悍な顔の、色の黒い男。素人のスナップにしてはよく撮れている。男は椅子に横向きに坐り、顔だけこちらへ向けている。膝の上に何かあって、それをいじっているとき、声をかけられてふりむいた、というふうである。膝の上の物は、よくわからない。布らしい。右手に棒らしいものを持っている。編みもの？　まさか。棒を持っている手の指がひときわ黒い。毛がはえているらしい。そういえば半袖から出ている腕の黒さも普通ではない。そこにも毛がはえている。

「杉田写真館の息子だって。前浜の杉田。知ってるでしょう。いまは東京でカメラマンやってるの。三十四でね、収入もいいそうよ。六本木のマンションの家賃が十二万っていうから」

「実家でお金出してもらってるんじゃないの」

「それでもいいでしょ。いずれ写真館を継ぐんだもの。実家も金持ち、当人も高収入、それに、男らしい顔してるわ、この人」

母は私の部屋へ坐りこんで、あちこち見まわした。変りのないのが安心のような心配のような顔だった。母が見合写真を持ってくるのは珍しい。初めてではないだろうか。自分の娘のとしでさえ二十九か三十かよく覚えていない人である。

「それで、どうかしたの、この人。お母さんの新しいボーイフレンドってわけ？」

私は、しらっぱくれてそう言ってやった。

案の定、母は困った。

「そうじゃないわよ。いまね、独身なんだって、この人。広瀬さんが持ってきたのよ。このお話。ほら、広瀬内科の広瀬さんの奥さん。いやならいいのよ」

「いやっていうより、何のことかわからないって言ってるのよ。この人が何だってての」

「だからね、いま、ひとりだから、いろいろ……」

「いろいろ、何ですか。お手伝いさんがほしいって言ってるの」

「違いますよ、お嫁さんよ」

「私が彼のお嫁さんを捜すの。ばかばかしい」

「じゃあ、もういいわ」

母は仲人めいたことをするのが嫌いだった。としよりくさい田舎じみたことだと思っているらしい。他にもタブーがいくつかある。信心、民謡、団体、旅行、温泉、風呂。自分の年齢も絶対に他人には言わない。だから若く見えるかといえば決してそんなことはない。痩せていて鼻が高い人だから、皺の出方もはっきりしている。

たとえ自分の子供でも十五歳以上になれば独立した人格であるから古い道徳を押しつける気はないというのが母の口癖だった。

「で、離婚したの。それとも生別？」

「何が」

「この人」

母はホッとした顔になった。

「別れたの。前の奥さんはピンク映画の女優だって」

この前、田中先生の紹介してくれた人も離婚歴のある人だった。その前に見合した男も二度目だった。私は、いやな気がした。私は急いで話題をかえ、母もすぐにのってきた。それでも写真をおいて行くのだけは忘れなかった。少しは娘の結婚を気にしているのかな、と私は思った。

指に毛のはえた男の写真から私は彦尾桂のことを思いだした。

桂のところへ遊びに行きたいという気持ちは朝からあって、しかし行くふんぎりがつかず、ぐずぐずしている。ふんぎりのつかぬ中途半端さが曇りと重なって、よけいいらいらする。

桂にも毛がはえている。色が黒いので目立たないが、腕にも顔にも黒い毛がはえている。

この前の「シジフォスの会」のとき、勤めが終ってからまっすぐに桂の家へ行ったら、まだ誰も来ていなかった。

「かまいませんよ、おはいり」

と桂が言ってくれたので私は広いほうの部屋の片隅でかしこまっていた。私はシジフォスの会員の中で一番新参で一番年下である。

桂は窓際に坐って、ちらちらと私を見ていた。私は桂が何か言うのではないかと思って緊張して待っていたが、桂は黙っていた。気難しいのではなく、不愉快がっているのでもない。それは表情でわかった。

「ああ、またヒゲがはえた。そろそろ剃らなくちゃ」

と桂が言った。

私は思わず笑った。桂も声を出さずに笑っていた。

もちろん、ヒゲといっても産毛の濃いのに過ぎないが、桂とヒゲの取りあわせが実によかった。ミシンと、こうもり傘のたとえがあるが、桂は、まさにその通りだ。あらゆる釣りあわぬものが彼女の中にも外にも混在している。

たった一篇の詩で有名になった天才的美少女が、いまは田舎で詩の雑誌を主宰している色の黒い中年女になっているのは、まあ時の推移というものだろう。財閥の娘らしい、しっかりしたいつくりの家の中で継ぎだらけのどてらを着てインスタントラーメンを食べている。彼女の実家でひいきにしているというフランス帰りの帽子デザイナーの作った洒落た帽子をかぶり、何十万円もするスーツを着て、登山靴に似たドタ靴で外出する。暮らしは質素というより貧しかったが、ワインの話になると一人で二十分も話している。会員の中でワインの銘柄に詳しい人など誰もいないから、皆ただ聞いているだけである。彼女には気どったり、ぶったりするところは全然ない。本当にワインに詳しいのである。しかも、彼女は自分のアンバランスな服装や貧しさを大して気にかけているようではない。それらは、ただ彼女の表面を流れ去っていく仮りのものなのである。

同人は四十代五十代が大部分で、したがって雑談は大抵、夫や子供の話である。離婚者や未亡人もいるが、彼女たちにも子供はいる。夫とも子供とも完全に無縁なのは桂と私だけだった。そういうとき、私は桂を見ている。桂は家族の話、近所の人の噂話などが大嫌いだった。それでも、すぐにはとめない。我慢している。すると、体がふるえはじめる。ふるえは次第に激しくなり、体がぐらぐらと揺れる。

「あら、桂さん、何やってるの。お茶がこぼれるじゃない」

周囲の人たちは驚いて注意するが、再び話の続きに熱中する。

「みんな話をやめい。会はこれで終りにしてマリアンヌで飲もう」

と桂が怒鳴る。

いつもそうだから、同人たちは桂が世間話が嫌いなことは、わかっている。といって、四十代五十代の女たちが何時間もそういう話をせずにいられるはずはないので、時には批評会の、のっけからそうなってしまうこともあった。

マリアンヌのママは桂の同級生だという。目鼻が大きくて、よく肥った背の高い人で、化粧のしかた、服装、身ぶり、喋りかたのどれをとっても、バーのママになるために生まれてきたような女である。大げさな歓迎用の言葉やら、お世辞やら、まるで陳腐で少しも中身がないのに、桂は喜んでにこにこしている。

いや、私はマリアンヌに嫉妬しているのだろうか。マリアンヌのほうも私を冷たい目で見る。

「あらあ、こんな若い子がはいったの。まあ。カッちん、気をつけなきゃ駄目よ。この頃の若い子はこわいから。我々とはまるで感覚が違うからね」

私は「若い子」ではない。もう三十だ。勤め先の女子では最年長で、上役たちはオバサンと呼んでいる。

親しげにカッちんなんて呼んで、さも心配そうに気づかったが、次に行ったとき、私を見て完全に同じことをまた言ったのである。マリアンヌのママは私のことなど何も覚えていなかったのだ。

桂は大酒豪のような口をきいて、やたらにマリアンヌに行きたがるくせに、アルコールには弱い。おしるしほどのジンをたらしたジンフィーズ一、二杯で真赤になり、口調がまだるっこしくなる。

数週間前、私は道で安藤孝に逢い、一緒に喫茶店に入ってコーヒーを飲んだ。孝は、ずっと以前、やはり田中先生の所へ詩を持ってきていたので顔見知りだったが最近はやめたらしい。若いのに三人の子持ちで疲れたような顔をした男である。孝は私がシジフォスの会に入ったことを知っていた。

「田中先生もどういう気なのかなあ。君なんかを紹介して。あそこはレズの巣だという評判だぜ」

「だって、おばさんばっかりよ。私の次に若い人が四十だもの、レズだなんて」

「なあ。だから不潔だってのよ。男禁制でさ。いいとしした婆どもが」

「男って勝手なこと言うわね」

私は早々に孝と別れた。知りあいとは言っても二人きりで話すのは初めてだったが、気持ちのいい男ではない。

レズの巣かどうか。思い浮べても、それらしい人はいない。有閑マダム風の橘女史。彼女はお洒落で金持ちである。女子高校の先生をしている高橋さん。いつも和服である。吉川さんはお河童頭で岡本かの子タイプ。高田さんは子供がいない。としは若いのにどことなく萎びた印象の井口さん。若いといっても四十は過ぎている。彼女は一番平凡な奥さんだが非常に無口である。この井口さんから、私は手紙を貰ったことがある。奇妙な手紙だった。あまりに奇妙で、どういう意味かわからず、私は黙殺してしまった。あれがレズの手紙かも知れない。その前の会に出たときの私の髪型、目鼻口、声、服装、持ちもの、発言の内容などを克明に書いてあり、その間に

「愛しい」「お慕いしている」「苦しい」「悩ましい」などという言葉が散らばっている。それが突然なのである。たとえば、「杏の形をした美しい深い目」のあとに、そういう言葉がくるのならいいが「コッカースパニエルのような丸い目」とか「まるで学生のような木綿のスカート」「太目のウエストをブラウスでカバーして」とくれば、どちらかといえば悪口である。「あなたの質素な服装」「下宿生活らしい皺のよった上着」それが哀しくて、というから同情かと思えば「愛してしまった」とくる。

どちらにしても、シジフォスの会では私は話し相手は一人もいなかった。黙って坐っているだけだった。合評会のときだけは少しは喋る。だから、誰と誰がどういう関係なのか、年齢はいくつか、などということは、ちっともわからない。井口さんが最年少で他は全員四十代後半と五十代というのは、入会したとき聞かされたことである。

もっとも、何か感じることはあった。

この前の前の集まりのとき、仕事が残っていたので私は遅れて八時頃に桂の家に行った。

「遅くなりました」

と言って戸をあけたとき、皆は丸テーブルをかこんでお鮨を食べていた。桂の家は、玄関は別にあって、その広い部屋は直接戸外から入れるようになっているのである。

その時いたのは六人だろうか。なんとなく生暖かいような、なまぐさい空気があった。私は西遊記を思いだした。妖怪たちが集まって人間の肉で宴会をやっている。秘密めいた、入っていけない雰囲気だった。といっても、それだけである。すぐに私に声をかけないのは、いつものことだった。シジフォスの会の人たちは全員、あまり愛想がよくなくて、私が入会の挨拶をしたとき、向うからも「何卒よろしく」と言ったのは橘女史だけで他の人は何も言わなかった。私のほうが先になったときでも後から入ってきた人は黙って入ってきて黙って坐る。十分もしてから突如前おきなしに喋り出す。

「あの先生が日展に入ったことがあるって噂、やっぱり嘘らしいわ。本屋と同じよ」

一同には、それで通じる。「あの先生」というのは私にはわからないが「本屋」は私にも大体わかる。正確に言えば本屋ではなくて、本屋の連れてきた男である。片岡某という六十前後のその男は六回もS賞の候補になったことがあるという触れこみだった。彼は無職で政治ゴロのようなことで金をえているらしかったがS賞をタネに奥さんを四回変えたという。シジフォスの会では誰も彼の言を信じなかったし、彼のほうも文学少女ならぬ文学老女ばかりのシジフォスの会には興味を持たなかったらしく、一度現われただけだったが、その話は何度も蒸しかえされ、新参の私でさえよく知っていたのである。

それにしても、あの時は六人もいたのだ。六人でレズをやることがあるだろうか。それも、お鮨をつまみながら。

私はレズの入口ぐらいの経験はある。

二十一の、まだ学生のとき、先輩の家へ行った。演劇部の先輩で、何かを借りに行ったか、返しに行ったかだろう。大した用ではないのですぐに帰ろうとしたら引きとめられた。先輩は私の腕をつかんで離さないのである。

「今日は、くさくさしてるんだ。一緒に飲んでちょうだい。あんた、どうせ暇なんだろ」

先輩は引きしまった体つきの目の大きな人だった。二人でウイスキーを飲んだ。酔っぱらってくると先輩は私を可愛いと言って頬ずりしたりキスしたりした。

「男ならこんなことさせないんだろ、お前。まだ処女なんだろう」

そんなことも言った。私が黙っていると調べると言いだした。あのままだったら、どうなっていたか。そこへ、突然、先輩の恋人が来たのである。レズでも恋人がいるのだろうか。それとも、単なる男友達なのか。とにかく先輩は「恋人」と言ったのである。

「恋人が来たから、悪いけど帰ってよ」

とタクシーを呼んでくれた。

以後、先輩に何度も逢ったが、あの日のことは全然言わない。結婚するようすもない。そのうち、私のクラスメートが彼女と暮すようになった。背が低く、色が白くてお尻の大きい子である。下品な厚い唇をしている。その子が半年もしてから私に、そっと言った。

「怒っちゃいやよ。彼女がね、あなたのことをこう言ったの。可愛いけど、それだけの子だって、中身がからっぽだって」

そうしてみれば、私は落第ということになる。私は半分わかったような気がした。

半信半疑だったが、先輩は、たしかにレズであるということと、ああいう場合は、ただじっとしていてはいけないということがわかった。

私は二十六歳の時、結婚することになっていた男がいた。彼は大変積極的だったから、私は二十一歳の時よりは格段に経験豊富になった。彼は今ケニアの大学の先生をしている。私はケニアに行きたくなかったので彼と別れたのだった。


どうしてそんなことになったのかわからない。どちらが誘ったのか。どちらとも言えない。私が十月に休暇をとると言ったら、桂が休暇には何をするのかと訊いた。

「いつも、ちょっとした旅行をするんです」

「ふうん。じゃあ、どこかへ行くのね」

「ええ、だけど今度は目的地がまだ決ってないんです」

「強羅にしたらどう。いい宿を知ってるの。もとは個人の別荘でね、小さい宿だけど」

「あ、そういう所が希望なんです、私」

「そう。八代荘っていうんだけどね。案内してあげようか、私が」

「いいんですか」

「うん。私も行きたかったの。今、ちょうどお金もあるし」

皆は吉川さんの初孫の写真を取りあっていて私たちの会話を聞いていなかった。その写真は同じあかんぼうのばかり二十枚もあって、皆は一枚ずつ大仰に笑ったり批評したり、大騒ぎだった。決ってから私はどきどきし始めた。桂のほうを見るのもおそろしかった。桂も、いつもとは微妙に違っている。変なときに高笑いしたりした。桂は、よく笑う人だったが、そんな高笑いをすることは滅多にない。

桂はレズなのだろうか。会でそういう話が出たのである。ということは、何も言わない井口さんは別として、他の人たちはレズではないということだろう。橘女史は一番陽性で口が悪いが、何かの時、桂にこう言った。

「あんたは女学校の時だってエスやってたしね。それも皆の憧れのまとのピアノの上手なお姉さまとさ。いまもそうなんでしょ。男嫌いよね。縁談みんなふっちゃって、だから干されてんでしょ、お父上に」

桂は、ただにやにやしていた。

「いいとししてエスってことないもの、いまはレズってことになる。ね、そうなんでしょ、あんた」

それでも桂は弁解しなかった。桂は全然顔を動かさなかったが、私を意識しているような気がした。その前に私が出した詩が引っかかっているに違いない。その詩は他の人には難解で評判が悪かったが、レズをうたった詩なのである。絵ときをすれば相当に露骨なはずが、花や蝶やサッフォに紛れて皆は気がつかなかった。桂だけが、いやに丁寧に「御経験ですか」と訊いた。私はハイと答えた。本当は男との経験だったが。

その時から桂は私に興味を持ったと思うのは思いすぎだろうか。

強羅へ行くバスの中で私たちは熱心に文学論をやった。東西の、ありとあらゆる作家の名を出した。桂ははじめて見るような見事に統一のとれた服装をして来た。靴もイタリア製の中ヒールだし、鞄も高そうな洒落たものだし、チェックのベレーが何とも粋なのである。私のほうは紺の線が両脇に入った白いワンピースで、あまり秋らしくないが、しかたがなかった。

私は当然、桂よりも文学的知識が浅く、知らない作家もたくさんある。だから、はじめのうちは、こんな無智な人間相手に夢中で話してくれる桂に感謝して、真面目に聞いていた。しかし、そのうち異常な気がしてきた。なにしろ、バスの中だけではない。バスから降りて宿屋へ行き、宿帳をつけてお茶を飲んでも、まだ続いている。文学の話ばかりで風景のことも気温も季節も宿のことも何も言わない。

「秋の花がいっぱい咲いてててすてきだわ。手入れが悪いから野の花みたい。こういうの大好きです」私は話題を変えた。

「そうでしょう。いい宿でしょう。それでね、彼は自分を鳥だと信じていたのよ。大きな鳥。ちゃんと名前だってあるのよ。知ってる、何て名前か」

「いいえ」

「ロプロプ。怪鳥ロプロプっての。わかる、意味」

「わかりません」

桂の話は、ついに文学者から音楽家や画家にまで拡がり、尽きることがない。私は桂の博識に半分驚嘆し、半分うんざりした。少しは他の話もしたかった。

とうとう食事の時間になってしまった。私は、もう断固として文学論には返事をしないことにした。たて続けに違う質問をした。

いいお部屋ですね。誰の別荘だったのですか。

あ、いま鳴いてる虫、何かしら。もしかしたらカジカと違いますか。

このお魚、鱒でしょ。養殖かしら。

ビールを二杯飲んだら、桂も文学論をしなくなった。目もとが赤くなり、いくぶん淫らな目つきでじっと私を見たりした。

そうなると、私は桂に無理にビールをすすめたのを後悔した。

「まだ早いから、食事のあとでパチンコでもしに行きましょうか」

と言ってみた。

「パチンコ屋なんかないよ」

「じゃあ、ピンポン」

「どうかな。あるかな」

食事をさげに来た女中に訊いたら、ピンポン室はあるが、いま修理中だという。

「何かゲームありませんか」

「さあ。麻雀なら。でも、お二人でしょう。ああ、碁盤ならありますよ」

「では、碁をやりましょう」

と言ったのは桂のほうだった。

向うでそう言ったにしては桂は碁が下手だった。石をとることしか考えないので、少しも地がとれない。しかもおそろしく早く打つ。二回やっても一時間半くらいですんでしまう。二回とも負けると桂は不機嫌になった。

「あんた、狡いわよ。何だか変よ。どうしても変だと思うよ」

「だって、桂さんは何も考えないで打つんだもの」

「狡い。私、こんな負け方したことないものね。あんた、おかしいよ」

しつこく言い続けた。いつもの桂は、もっと淡泊だった。淡泊すぎる性質で、人が悪口を言っても揚げ足をとっても決して怒らない。誰かが桂の噂をした話をしても、その人が言わぬ限りは「何と言ってたの」とは訊かない。

もう一度やろう、と桂が言うのを私は断わった。私のほうも面白くない気分になっていた。

「お風呂へ入りますから、私」

「私が先に入るよ。あんたはあと」

そこは純粋の離れではなくて廊下で母屋につながっているが、風呂や便所は部屋に附属している。母屋からの廊下と反対側の戸をあけると、もう一つ小部屋があり、さらにその先の戸をあけて階段を五、六段おりると小さな温泉風呂があった。桂が風呂に入っている間に女中が床を敷いた。広い八畳の部屋に二つ並べて敷いた。私は再び後悔して帰りたくなった。こんな夜中に帰れるはずもないのに「今なら帰れる」と立ち上ったりした。もっとも、全部が全部その気持ちばかりではない。はやく始まってしまえばよい、と慄えながら期待している気持ちもあった。

風呂から出てきた桂の顔は男のようだった。髪も顔も拭かないで濡れたままだったからだろう。電燈の下で顔が赤く光って見えた。

「さあ、入っておいで。お前さんの番だ」

と桂は言った。やさしい口調だった。桂は稀れに私のことを「お前さん」と言う。私はそう呼ばれるのが好きだった。桂との間の濃密な間柄を象徴しているように思われたのだった。実際は、今までのところは何もないのだが、桂は他の誰をもそんな言葉では呼ばない。私一人だけ若いからそう呼ぶのだとは思いたくなかった。

岩風呂に首まで浸かりながら、私は桂の痕跡を捜していた。桂の裸体が今までここにあったはずなのである。いくら捜しても洗い場には髪の毛一本落ちていなかったし、湯にも垢一つ浮いていない。ふしぎなくらいだった。そういえば、桂は体の線があらわれる服を着たことがない。胸は大きく張っていたが、それはあくまでも胸であって乳房ではなかった。ウエストを締める服を着ないので、どこまで胸か、どこまで腰かはっきりしない。長方形の箱のような体つきに見える。

風呂から上ってきたときは浴衣をきちんと着ていて腰紐も締めていたが、やはり長方形だった。首や手足が短いせいもあるだろう。中肉中背で固い肉がしっかりと詰っている。私のほうは桂と背恰好は似ているが色も白いし、全体にふわふわした水肥りだった。乳房も柔らかいが掌に受けると意外に重くて大きい。私は桂の手が触っていると想像しながら自分を桂として、桂の手触りをたしかめているつもりだったが、逆に触られているほうの気にしかなれない。いきなり桂の寝床に転がりこもう、高校の修学旅行の時のように蒲団の中でふざけている形にしよう、と思いついた。

風呂から上って小部屋をあけると、桂は境の襖をあけはなし、床の間の前に坐っていた。一方の蒲団が小部屋のほうへ引張ってきてある。

「ごめん。ながいこと一人なものだから、誰かと一緒だと眠れないの」

桂は陰気な低い声で言い、私の浮いた気分は、いっぺんに沈んだ。

「私、そちらで寝るからね」

小部屋は、あきらかに控えの部屋で四畳半しかない。窓もない。

「いいです。私、こちらで」

私も真面目に言い、小部屋の蒲団にもぐりこんだ。寝るしかなかった。桂は黙って境の襖をしめた。

「なあんだ」という失望感と同時に私はホッとしていた。

いくら耳をすませても隣りの部屋からはコトリとも音がしない。いつ電燈を消したのかもわからない。小部屋にいると下の温泉風呂に水の流れこむ微かな音が聞こえた。明日も桂は文学論をする気だろうか。こんな機会は滅多にないのだから、もっと真面目に聞こうと殊勝なことを考えながら私は眠った。

夜中に目が覚めた。枕もとに桂が坐っていた。

「どうしたんですか。眠れないんですか」

と私は訊いた。うん、と言って、桂は、するりと私の寝床に入ってきた。私は胸の動悸が激しくなって息苦しいほどだった。桂は、そのまま、じっとしていた。浴衣の薄い布を隔てて桂の胸の熱さが伝わってくる。私は何度もソッと生唾を呑みこんだ。桂は死んだ人のように静かだった。やがて、そろそろと私の浴衣の胸から手をいれた。無器用に、おずおずと撫でた。いつまでも同じところを往復している。「可愛いお乳」と呟いた。私は昔々の先輩のことを思いだした。急いで桂のほうにも触ろうとした。どこかに一瞬、当っただけだった。桂が身をかわしたのである。手をのばしても桂の体はない。蒲団の外へ転がりでていた。私は手を引っこめた。桂が立ち上った気配もない。畳の上に寝ているのだろう。数分、何の音もしなかった。

「寒いでしょう、そんな所じゃ」

と私は言った。蒲団の中へ入れというつもりだった。クフッと鼻を鳴らす音が聞こえた。笑ったのかどうかわからない。桂は立ち上り、隣りの部屋の自分の寝床へ戻って行った。

桂がいなくなってから私は香水の匂いに気がついた。癖のある甘い匂いだった。桂は何をしに来たのだろう。私の手は桂の体のどこに当ったのか。間違いなくなめらかで熱い皮膚だった。私の手の位置からすると胸の下あたりのはずである。そうすると桂は、もしかすると裸だったのだろうか。

次の日は二人とも前の晩のことは何も話さなかった。桂は落ちついていて、前の日のように昂ぶった声で文学論を語ったりしなかった。しつっこいところもなくなっていた。今年の紅葉はあまりよくない、早過ぎたらしい、と言ってから、急に「もっと違うと思っていたんだな」と呟いた。私には、すぐに桂のいう意味が判った。

「私もです」

「だって、あなたは、あんな詩を書いたじゃないの」

「だから、何ですか」

「だからね、つまり、あなたは……」

「詩は詩でしょ。上手下手はあるけど」

「詩のことでなくてさ。経験があるって自分で言ったじゃないの」

「何の経験ですか」

「もういい。何でもない」

桂は怒ったらしく、そう言うと黙ってしまった。

私は見合写真を前にして母をじらしているような気がした。私と桂は十五違うが、桂と母は八歳しか違わない。そうしてみれば桂は母のほうに近いのである。この写真、どうしよう。

日常的隣人

つる子の家は、ずいぶん小さかったが、つる子にとっては、それで充分だった。第一、何も借金をしないで買えたのである。

家は、もともと二軒長屋の借家で、六畳の和室と六畳のダイニングキチン、それに押入れと便所である。わずか二坪とはいえ、庭もある。もっとも、その庭は借家時代のままに境界なしにしてある。隣りの神谷さんには六つと八つの子供があるので、子供たちの遊び場のために自由に使わせている。つる子にすれば日当りと洗濯物を干せればいいのだから、ブランコや砂場があっても、いっこうさしつかえない。神谷さんは買ったばかりの時は「もう今までとは違うのだから、ちゃんと境をつくらなくちゃ」などと言っていたが、言うばかりだった。実際、神谷さんの庭にはダンボールの箱だの、パセリや盆栽の鉢植え、子供の三輪車などがあり、その上、ブランコを引きとったら蒲団も干せなくなるのだった。

盆栽は神谷氏の趣味であった。神谷氏は年期の入った熟練工でボーナスなどは若手の課長より多いと噂されていた。会社は地方では一流だった。それなのに、そんなみすぼらしい借家に住んでいたのは三拍子揃った癖の悪い人だったからだろう。大酒飲みでギャンブルが大好きで、女も大好きときている。女は好きでも金を出すのは好きでないらしく、会社の女事務員だろうが魚屋のかみさんであろうが、誰彼かまわず露骨に持ちかけて、ますます評判を悪くしていた。つる子は三十一で若くもなく美しくもないのに、神谷氏には道に落ちている御馳走に見えたらしく、どんなに迷惑をかけられたかわからない。おかげでつる子は夏でも昼間でも窓やカーテンをしめきりだった。そのためクーラーを買うと、今度は、その音がうるさいと戸口で怒鳴る。

「おい、つる子、出てこい。お前には常識っちゅうもんがないのか。こんな狭いとこでそんな凄い音のするもん買っていいわけがないだろう。どうせ誰かの妾になって買ってもらったんだろうが。違うんなら出てこい。頼むよ。ちょっとだけでいい。おれだって話のわからん男じゃないんだ。顔さえたててくれりゃ文句は言わん、なあ、つるちゃんよ、ここをちょっと開けてくれよ、なあ」

神谷氏は工場以外にいるときは大抵酔っていた。つる子の戸口で怒鳴っているのを彼の、妻子三人は皆、家の中で息を殺して小さくなって聞いている。奥さんは、びっくりするようなきれいな人だが、唖かと思うほど物を言わず、神谷氏が死ぬまでは、つる子は口をきいたこともなかった。神谷氏のした唯一のいいことは事故で死んだことである。妻の久美さんは、その補償金で住んでいる家を買った。家を買えという話は、その一年も前からあり、つる子は買う気だったが、神谷さんがはっきりしないのでまとまらなかったのである。家主にすればどうせ土地の値段だけなのだから、片方が残るくらいなら全部潰してしまって土地で売ったほうが楽なのである。

そんな変な男が隣りにいるのにつる子が出て行かなかったのは家賃が安いからである。買うつもりになったのも同じ理由だった。古いとはいえ、十三坪の家が、ただで手に入るのである。土地だけの値段にしても相場より安かった。汚い借家と、手におえない借家人つきでは、やむをえなかったのだろう。

久美さんが未亡人になってからの変化は目ざましかった。久美さんは細面の色の白い人で暗い大きな目をしていたが急に厚化粧になった。路地の表に始終自動車が止る。自動車は最初は軽自動車だったが、次第に大型になった。その道は、自動車のすれ違いはできない。人間は公園を突切るから問題ないが。そのわりには通る車が多く、その度に一悶着おこる。

そのうち、久美さん一家は、どこかへ引越して行き、しばらくしてから顎の張った五十くらいの男が、つる子に家を売れと言いにきた。もちろん、つる子は断わった。少しくらい上のせして相場で買ってもらっても、たかの知れた金である。いま、それに釣られて家を手離せば、もう一生借家暮らしだろう。顎の張った男は久美の代理人だった。いや、久美の男の代理人だろう。家を潰して二階建ての貸店舗を作る計画らしい。そこは裏通りではあったが住んでいる人間が多いから商売になるのだろう。

「それで久美さんはどうしたの。どこに住んでいるんですか。お引越しの挨拶も何もなかったんだから。変った人だわね」

代理人は威丈高な顔を崩して下品に笑った。

「きりょうのいい女はトクだね。あんたより五つ六つ上だろ、それに二人も子がいてよ、それでも引く手あまただもんな」

彼は一週間に何回もやってきた。おどしたり、なだめたりすかしたりした。自分の顔をたててくれ、男にしてくれ、と大げさに畳に手をついたりした。相当の報酬が約束されているのだろう。つる子は平気だった。神谷氏に較べれば、よほどましである。神谷氏は狡くて勝手で、おどかしかたも汚かった。顎の張った男は、気の弱そうなところ、人のよいところが、ちらちら見えた。つる子がお茶菓子を出したりすると、とたんに口調が弱くなるのである。三カ月たっても話は少しも進まず、男はクビになったらしい。夏の終りに新しい借家人が隣りに入った。買ったのではなく、借家人だとわかったのは、彼が自分でそう言ったからである。礼儀正しく葉書きを十枚持って挨拶に来た。

「今回、お隣りをお借りすることになった志田吉男です。年齢二十六歳、中山鉄工所庶務課勤務、独身、親は愛知県新城市にいます。宜しくお願いします」

渡された名刺には親の家の電話番号まで印刷されていた。

つる子は里芋の皮を剝いていた手を前掛けの下に隠して男の顔を見ていた。中肉中背の男は、しっかりした布地の三つ揃いの背広を着ていて、礼儀正しく最敬礼している。三尺四方の玄関口にはそぐわない男だった。靴が光っているのが新入社員のようだった。

「こちらこそ宜しくお願いします。御不自由なことがありましたら何でもおっしゃって下さい」

男は、ハイ、とこたえた。うるんだような丸い目だった。

「庭に境を作ってもいいでしょうか。いや、いけないでしょうね。ますます狭くなりますね」

「いいえ。作って下さい、是非。前からそう思ってたんですから」

「本当ですか。大家さんの話では、お隣りがいやだというので垣根が作れないということでしたが」

「ご冗談でしょう、私は……」

「このままでは、部屋が丸見えですからね、庭から覗けば。お互いのプライバシーのためには狭くなっても我慢していただきたいんですよ。いや、費用は、ぼくが持ちます。大家と、あなたが折半で払うのが正規ですが、この際、しかたありません。あなたに譲歩していただくんだからぼくが払います。いえ、そうさせて下さい。そのくらい何でもないです。お近づきのしるしに」

「そんなこと困ります。私もそのくらいのお金は……」

「ぼくは秘密なんかないです。見られたって、どうということないですよ、男なんだし。でも、あなたのためには垣根があったほうがいいんじゃないかと思っただけです。まあ、女一人の暮しでは、いろいろあるでしょうから。そんなこと、ぼくは何も干渉しません。もちろん、あなたの御自由です。都合の悪いことは見ないふりをしていますよ。その点、ぼくは理想的な隣人だと言えますね。当人が保証してるんですからね。大丈夫ですよ、心配しなくても」

つる子は頭が混乱して、何を言ったらよいかわからなくなった。しかし、男の赤く光った唇を見ると腹がたってきた。

「垣根は私が作ります。私の家の垣根なんですから。あなたは、ただの借家人なんだから、お金を出す必要はありません。では、ごめん下さいませ」

いつでも途中で志田にさえぎられるので、つる子は大声で早口に言った。怒っているような声だったので志田は驚いて気をのまれている。つる子が台所の水を流しはじめると、そっと戸をしめる音がした。玄関を入ったところの左側が台所なのだから、志田は少し首をのばせば、つる子の姿が見えるはずだが、数秒そのまま立っていて、それから外へ出たらしい。

腹だちまぎれにつる子は盛大に水を流した。二軒の家は、どちらかで水を出すと、出さない家のほうの水道管がなりだす。少し出したときは細い息のような音で、中くらいだとキイーッと鳴り、たくさん出すとガタガタと凄まじい音がする。前にしつこく勧誘にきた宗教団体の中年女など地震かと思って外へとび出したくらいの轟音である。流しているうちに少しおかしくなった。逃げだすように何の挨拶もせずに帰っていった志田のことを考えて、つる子はクスクス笑った。いいとしをした立派な男がつる子の剣幕にすごすごと尻尾を巻いたのがおかしくてたまらない。つる子がそんなに強く出られたのも向うは単なる借家人だという意識があったからだろう。つる子は気が弱いほうではないが、誰に対しても、こんな対等以上の口をきいたことはない。それは生活の智恵というものだろう。つる子の暮らしは、いつでも下のほうだった。父のいるときは工員住宅に住んでいた。八つのときに父が死ぬと母と一緒に寮へ住みこんだ。母は寮母ではなくて賄いの小母さんだった。寮母は六畳だが、賄いは四畳半で、しかもそれは女子工員たちの休憩室も兼ねていた。本来は通いなのを無理において貰っていたのである。つる子は、そこから高校へ通った。卒業して二年目に母は死に、それからは一人きりで自活してきた。つる子は自分の服や靴にも、自分の表情やしぐさにまで、常に貧しげな匂いがただようのを知っていたが、そうやって節約しなければたちまち食べられなくなってしまうのだった。高校でも両親揃った裕福な家の娘は、給料のよいところへ勤めた。二番で卒業したつる子の就職口は、なかなか決らなかった。年を越してから、ようやく今勤めている老人ホームの事務員に就職できた。老人ホームは浜辺にあるので町からの通勤には時間がかかるし、給料も大変安く、応募者は他にはいなかった。

寝てから垣根について考えた。いろいろな垣根を頭の中に思い浮べた。それは楽しい想像だった。家はもちろんだが、服やスカートやセーターも、つる子は作ったことがない。自分で作るよりもバーゲンで買ったほうが、はるかに安いからだった。それにミシンも編棒もない。作るのは食事くらいのもので、これだけは手を抜かない。母譲りかも知れない。母は賄いの仕事が好きで評判もよかった。

隣りの部屋で騒がしい音がする。音そのものは小さいが、大声で罵りあっているような音だ。音楽も聞こえる。テレビをつけているのだ、と思いあたった。神谷家でも一日中テレビを大きくつける習慣で、それは大変喧しかったが、あの頃はテレビの音など気にしてはいられなかった。

夕方は子供たちの走りまわる音や奇声で家がきしむほどだったし、晩は酔った神谷氏が怒鳴りちらしていたから、テレビの音などかき消されていた。隣りは三カ月余も空家だったから、その静けさに馴れていたつる子には、控え目なテレビの音が気になるのである。枕もとの時計を見ると十時十五分である。この時間ではテレビがうるさいと文句をつけることはできない。つる子は再び垣根のことを考えた。

わずか一間なのだから、どんな垣根をつけても費用は知れているだろう。道側の塀はブロックで高さ一間ほどに積んである。下から二段目は風通しのため変り菱の飾りブロックになっているので、時々子供が覗く。道側ならいいが、隣りとの垣にブロックは大げさだしまるで煙突みたいになってしまう。竹垣ではいい加減すぎるだろう。金網のフェンスではどうだろうか。緑色の網のフェンス。寮から学校へ通っていた頃、通り道にそういう庭があった。広々とした芝生が拡がっていて向うに藤棚と池が見えた。人の姿は一度も見たことがなく、あとで聞いたら偉い人の官舎だとわかったが、十何歳かのつる子は、あの庭から豊かな生活と幸福な家族のにおいを嗅いでいたのだった。香ばしく肉の焦げるにおい、甘い西洋菓子のにおい、夢のような香水のにおい、男親の煙草くさい暖かいにおい。ああいう家に住みたいと思ったわけではなかった。それはどこまでいっても、つる子とは無縁な景色なのだった。眺めさせてくれたら、それだけで満足だった。しかし、いまや、つる子は、あの景色の断片を手にいれようとしているのだ。境の網のフェンス。二坪の庭は芝生にしよう。あの家の門の傍には三メートル近いつつじがあって、五、六月に赤い花が咲いた。他の花と違って、つつじは葉が見えなくなるほどにびっしりと花をつけ、それが真赤だから巨大な焔のように見えた。いまは雑草だけで一本の木も草花もない庭に、つる子は小さなつつじを一本だけ植えようと思う。

次の日、つる子が味噌漬けにした豚肉の味噌をしごいていると、志田がやってきた。つる子は返事だけして仕事を続けた。

「昨日は御迷惑なことを申しました。借家人のくせに、さしでがましいことでした。何卒あなたの御意志通りになさって下さい」

「何の話ですか」

しかたがないので、つる子は手を洗った。

「垣根を作れなどと言って申しわけありませんでした。作りたければ、とっくに作っているはずですからね。つまり、あなたは作りたくなかったわけでしょう。それをぼくが余分なことを言ってしまって」

「垣根は作りますよ」

「そんなに苛めないで下さい。こうやってあやまっているでしょう。ぼくの考えが足りなかったのです。共同で使ったほうがずっと広く使えますしね。あなたのおっしゃる通りでした」

「何も言ってませんわ。それに私、忙しいんですけど」

レンジの上のフライパンが音をたてて肉を待っている。つる子は早く志田を追い払いたくていらいらした。

「あっ、何卒続けて下さい。どうぞ、どうぞ。手伝いましょうか」

結構です、と言ってつる子は火を消した。

「本当に続けて下さいよ。ぼくが毎晩邪魔してるみたいじゃないですか、これじゃあ。料理しながらでも話はできるでしょう。やっててくれないと、ぼくの気がすまない。さあ、火をつけて下さい。お願いします、頼みます、さあ。つけないんなら、ぼくがやりますよ」

志田の上半身は、すでに室内に入っていた。足は靴を脱ごうとしている。つる子は志田の前に立ちふさがるように坐った。

「あのねえ、垣根のことは私にまかせて下さらないかしら。どちらにしたって、あなたは、いずれ出て行く人でしょ。こんなボロ家にいつまでもいるわけないわよね。だから、もう考えないことにして下さい」

用心深く、垣根に賛成とも反対とも言わないことにした。

「そうですか。ええ、もちろんですとも。あなたのお考え通りでいいですよ。しかし、作るとなると問題なんだな。ぼくの言ったことが影響していることになるでしょう。大体、今日ぼくが来たことだって、あなたは催促だと思っているかも知れない。いや、そうに違いない。そうでしょう。違いますか」

つる子は黙って食事の支度を始めた。窓側の丸テーブルの上に皿、ナイフ、フォーク、箸を並べる。窓の向うの路地は奥のアパートの人たちが始終通るので、枠の途中と下に針金を張り、下半分だけのカーテンにしている。朝晩眺めるものだからと思ってカーテンだけはお金を使っていいものにした。窓全部を蔽うレースのカーテンは今は引いてある。火の上の肉を引っくり返しながら、ちらっと見ると志田は上りかまちに腰かけて、ぼんやりとこちらを見ていた。気が抜けたような表情だった。

「あなた、お食事はどうなさっているんですか」

「ぼくですか。外で食べてます」

「三度三度外食なんですか。大変ね。お金がかかるでしょう」

「いや、そうでもありません。日の出食堂専門だから」

垣根以外のことになると彼はそう饒舌ではないらしい。日の出食堂はつる子も知っている。味噌汁におかず一品の定食が主の大衆食堂である。前日の残りや前々日の残りものを平気で出す店だった。客たちは常連が多いから皆そのことを知っていたが値段が安いので文句も言えない。

白い大皿に味噌漬の焼いたのと、レモンの飾り切り、マッシュポテトのサラダ、パセリ、人参の甘煮を色どりよく載せた。クリームスープにフランスパン。本当は昨日炊いた冷やごはんを食べる気だったが、志田が見ているので明日のフランスパンを机の上に並べた。テーブルかけやナプキンも高くはないがよく吟味された凝った代物である。志田が何か言うかと待っていたが、彼は馬鹿みたいに、呆然とただみつめているだけである。

「では、もう日の出食堂へいらしたら如何ですか。あそこしまるの早いでしょ」

「いやあ。驚いたなあ。コックの学校か何かへ行ってるんですか」

「いいえ」

「今日は何かの記念日かな」

「いいえ、お給料前ですからね、いいお肉が買えなくてお味噌でごまかしたくらいよ」

志田は溜息をついた。つる子は志田が感心したので満足した。そんなに悪い人ではないと思った。

「今日、帰ってきたら垣根がまだやってないでしょう。それで、ぼく反省したんです。深く反省しました。何もやってないということは、あなたの無言の抗議というわけでしょう、つまり。それともぼくが変なことを言ったから、あなたは気にしているかも知れない。悪いことを言ったなあと思った。ぼくはいつでも余分なことばかりして嫌われているんです。この前も会社で……」

「すみません。私、食事しますので」

どうぞと言われたらどうしようかと思ったが、アッ、そうでした、気がつかなかった、と言って志田はすぐに出て行った。

翌日つる子は早退して金物屋へ出かけた。緑の金網は簡単に買えたが、自分でそれを張るのは、かなり厄介だということがわかった。両端に金網を張る杭がいる。素人には木の杭のほうが扱いいいと教えられて材木屋をまわった。杭は先をとがらせなければならないのでナタかチョウナがいる。土に穴を掘るためのスコップ。地盤が固ければつるはし。杭を打ったらコンクリートで固めたほうがいい。そうすると金だらい、こて。網のほうもペンチ、釘、金槌などがなければどうにもならない。一軒まわる度に買わなければならぬものが増える。つる子は庭の道具も大工道具も何も持っていない。金槌の代りに石を使ったし、針金も自分の手で曲げられる程度のしか使ったことがない。細い針金なら万能鋏で切れるからペンチもない。つる子は途中で銀行へ行ってお金を引き出さねばならなかった。高校卒業以来十三年、節約して暮してきたので、家を買ってもまだ少しは預金が残っている。材料や道具が重くて持てないのでつる子はタクシーに乗った。タクシーに乗るのは三回目か四回目である。一度は母が入院した時だった。あとは同窓会の帰りか何かだろう。

街路樹のプラタナスが黄色く萎れて落ちかけているのを見ると妙に心細く、つる子はしきりに後悔した。やっぱり隣りの男にまかせたほうがよかったのだろうか。タクシー代までいれると一万円近い出費になる。しかも、あとあと何のプラスにもならぬ出費である。台所の床が腐って落ちかけていたのを張り直すのに三万五千円かかったが、これは止むをえなかった。それに較べると、今度のは虚栄心だけだ。志田があんなことを言わなければ。志田、と思うと、つる子は熱くなる。癪でたまらない。大げさに材料や道具を買いこみ、これみよがしに派手派手しく垣根を作ってやる。といって、うまくできそうもなかったが、つる子の垣根なのだから志田などに触らせることはできない。

　その日は家へ帰ったら疲れてしまったので工事は止めにして金網や杭は台所の板の間へおいておいた。玄関の戸は神谷氏が生きていた頃と同じように錠をかけておいた。神谷氏も、家を売れと言いに来た不動産屋も志田も男は皆同じだった。

　ぐっと節約して残りごはんに残り野菜のおじやをかきこんでいると、誰かが戸をあけようとしている。志田に違いなかった。そうっとノックし、聞こえないほど小さな声で「つる子さん。つる子さん」と囁く。つる子は黙っていた。

「いるのはわかっているんですよ。水道管が鳴りますからね」

「いま都合がわるいんです。明日にして下さい」とつる子は言った。彼の顔を見たくなかった。それ以上に今日の侘しい食事を彼に見せたくなかった。

　極力物を少なくしているので買ってきたものを台所においておくくらいの空間はあったが、巻いた金網は玄関と便所の入口をふさいでいて、出入りの度に障害物競走のような真似をしなければならない。ことに金網は始末が悪い。髪の毛やストッキングが引っかかる。

　夜は、もう寒かった。目をつぶると小さなノックの音と、微かに呼ぶ声が聞こえる。起きあがると気のせいだとわかった。まるで恋人が近所を憚りながらひそかにやってきたような声だったとつる子は思いだした。つる子には、そんな経験はなかった。同僚や上司の紹介で、四、五度見合いのようなことをしたがどの話もまとまらなかったし、恋人がいたこともない。二十代の頃は、それでも独身の男を見ると心がときめいたのに、三十を過ぎてからはそういうこともなかった。その男との可能性を認めないことで、どうやら平静を保っているのだった。

久しぶりに母のことを考えた。母もつる子と似ていた。顔形も性質も似ている。母は十八で結婚した。

「十八だから結婚できたのよ。美人でもなし、何の取柄もなかったからね。ひたすらおとなしくて素直そうに見せて。高望みしなかったのもよかったと思うよ。しっかり安定した職業のある並みの男なら、それでよかった。あんたのお父さんは頭でっかちの小男だったけど、男は顔じゃないから」

何度もつる子にそう言ったのは早く結婚させようという気だったらしい。

「つるちゃんは頭がいいんだから何か資格をとったらいい」とも言った。つる子は、資格を取るための金が惜しくて高校を出たらすぐに働きに出た。一刻も早く母と二人きりの家へ移りたかった。どんな家でもよかった。

母が死んだのは、つる子が二十歳の時だった。母は、まだ四十前だった。母は、つる子の年には、もう小学校六年か中学一年の子持ちの寡婦だったのだ。どんなに苦労しただろう。つる子は寝床の中で薄く涙を浮べたが、その悲しみは、そんなに強くはなかった。隣りからは何の音も聞こえなかった。

材料類は、やはり邪魔なので庭へ出した。志田が何か言ってくるかとつる子は気になり、志田の見えるところへおきたくなかったのだが止むをえなかった。志田は週末まで一度も来なかった。つる子は助かったような、少し淋しいような気がした。

完全に馬鹿というわけでもないらしいわね、と、独りごとを言ったりした。

日曜日に垣根を作るつもりだった。

朝、起きて朝食をすませてから庭側の雨戸をあけると、隣りの庭に志田がいて勢いよく挨拶した。くたびれたトレーニングウエアを着て髪も乱れている。

「寝ぼうしちゃった。ここは環境がいいですね。昼間にここから見るのははじめてだけど。塀の上から見えるのは公園の緑ばかりじゃないですか」

「そうよ。だから南が遮られることは絶対ないの。そこが気にいっている点なの、家はボロだけど」

「だって、今までぼくは北向きの四畳半で共同便所だったんですから。ところで、その網は何ですか」

「垣根よ」

へえ、と志田は馬鹿にしたような声を出した。

「これじゃいけないんですか」

「いやあ、そんなことはありません。しかし、垣根は止めましょうよ。ほら、物干し台もおけなくなる」

物干しは移動式の、下にコンクリートのついたもので、下の土台はどうにか互いの敷地の中にあったが、四メートルの竿は、よその領分へはみ出している。

「お互いに独り者だから、両方で物干し台を持つことはない。共同にすれば、もっと庭が広くなるし」

それはたしかだった。そんなに洗濯物は多くないのだから一組あれば充分だった。

「狭い庭をますます狭くすることはないでしょう。それより、風呂場を作りませんか」

「え。どこに」

「ぼくの所の玄関と便所を潰せばできますよ」

「借家なのに、そんなことできないわ。それに玄関とお手洗いがなければ困るでしょう」

「そうかなあ」

芝生を植えたところで、この狭さでは大した庭になりそうもなかった。何年か前、紫陽花を貰ってきて植えたときも、どんなに肥料をやっても水をやってもとうとうつかなかった。急に垣根を作ることに気乗り薄になったが、つる子は志田の手前、杭をうつ場所を掘りだした。志田が見ているので、なおさらうまくいかない。

「もうわかったからよして下さい。あなたも意外といじっぱりだなあ。ちょっとしつっこいところがありますね。あまりよくないと思うんだがなあ」

「大きなお世話でしょう。誰もあなたに頼んでやしないわ。それより顔でも洗ったらどうですか。目ヤニがついてますよ」

志田は大声で笑った。

「面白いなあ。ぼく、つる子さんの声、大好きだ。それに、つる子さんはぼくのことかまってくれるんですね。顔を洗えなんて、嬉しいなあ」

つる子は杭一本も立てられなかった。砂利まじりの土は固いくせに、杭を立てるとしっかり立たずにぐらぐらする。

「穴をあけて棒をさしただけじゃ立たないんですよ、杭は。プラモデルと違うんですから」

志田が傍へ来て覗きながら言う。つる子は汗ばみ、うんざりした。

「もういい加減であきらめて止めにしましょう。この塀ぎわにはプランターを買ってきて花を咲かせましょうよ。ここの土や陽あたりでは直接植えでは無理だから。さあ、それよりコーヒーでも飲みましょうか。ぼくが沸かすから」

「結構です。コーヒーは私少々凝ってますから、よそのなんか飲めませんの」

「いやあ、嬉しいことを言ってくれる」

志田は、つる子のほうの庭へ入ってきて、寝室の上り口に腰をおろした。幸い、もう蒲団はたたんであったが、脱ぎ捨てた服が山になっている。金網を張ってから洗濯するつもりだった。

「誰もごちそうするなんて言ってないわ。あちらへ行って下さい。図々しい人だわね」

「や、怒った」

庭に投げだしてある杭を拾って志田はかまえて見せた。

「やりますか」

つる子は黙って家の中へ入った。

「ああ、怒ったんですね、本気で。あたり前だよなあ。ぼくはどうしてこうなのだろう。こういう男を許しておいてはいけないですね。垣根だってそうだ。風呂場だってそうだ。つい言ってしまうんです。そのほうが便利だと思うと、すぐ言ってしまうんです。こんな小さな家に玄関や便所や台所が二つずつあるのは無駄だな、なんて思ったものだから。常識というものがないんです。全然ないんです」

コーヒーのいい匂いがしてきた。一昨日つる子は老人ホームの用事で外へ出たとき、例の顎の張った不動産屋にばったり逢い、少し立ち話をした。彼の話では神谷さんの家に買い手がついたと言う。神谷さんも、つる子が動かないのではどうしようもないので、隣りの家を売ることにしたらしい。

まあ、そうですかと他人事のように聞いていたが、買い手は、もしかしたら志田ではないだろうか。志田には金がなくても親が金を出すかも知れない。まさか。

「持って行ってあげますから家へ帰ってて下さい」

つる子は庭にいる男に向って言った。こちらも長期戦で何か戦術を考えて、どうにかしてあのお節介な男をいびりだしてやらなくては。

日常的先生

あいつは悪い奴だ。悪徳業者だ。自分の地所は、ほんの七、八十坪しかないくせに平和台四万坪開発委員会の理事三十人の一人にもぐりこみ、委員会が解散する頃には何と千五百坪もの土地を手に入れていた。もちろん、ただではなく合法的な取引きだったが、あいつが買ったときは坪四万で、三年あとには三十万になっていたから、一坪二十六万も儲けた。

「石ころだらけの傾斜地で松もはえんところだからな、四万で買うといったら騙されるんじゃないかと思ってなかなか承知せなんだよ」

忠平は、そう言って自慢したが、造成されると知っていたら地主だって黙って売ったかどうか。忠平が買った土地の中には田圃もあった。底なしと嫌われていた田だからそこは一万以下に値切ったはずだ。そこを開発委員会の金で埋めたてさせ、東京の建築会社に売った。山は削り、田は埋めて同一平面になっているので、よその人間には全部同じに見えただろうが、建ててみると大違いなのである。忠平は、そこが田圃だなどと一言も洩らさなかった。したがって、その会社は四階建ての堂々たるアパートを建てた。そして、そのアパートは地盤沈下のため二年目には素人目にもわかるほど傾き、会社は倒産してしまった。忠平自身は平和台の中で一番地盤も固く眺めのよい一等地に自分の家を建て、それまで住んでいた街道沿いの住居は三階建てのビルにした。忠平の家は祖父の代から村のよろず屋だった。野菜、干魚、かご、本、ノート、茶碗、前かけ、バケツ、何でも売っていた。不衛生で暗い汚い店だった。村が町に合併し、スーパーマーケットが進出してくると、そんな店へは、もう誰も行かなくなった。道がよくなってバスも二十分おきに出るようになったから、スーパーが来なくても同じことだったろう。忠平が勤めをやめて店に本腰いれた矢先のことだ。それでも忠平は、いろいろ苦心した。煙草の小売りを始めたりパンや洋菓子を並べたり、衣裳箱の大安売りをしてみたり。そんなことより、まず第一に店内を改装すべきだったが忠平は家には金をかけなかった。その金がなかったのかも知れない。しかし、それが結局よかったのだ。

いま、忠平はビルの一階で女相手の洋品小物の店をやっている。もっとも、主人は滅多に店にはおらず、忠平の妻と母親と女店員でやっている。二階は文化教室で、三階は彼の事務所である。平和台には公営団地ができて二万人が住んでいるし、その他にもアパートが無数に乱立し、土地を買って家を建てる人もあって、にわかに町になった。村の百姓たちの家の女どもは畠仕事がすめば内職かパートかで、何の御利益もない文化教室などへは決して来ないが、平和台の女たちは金もないくせに暇をもてあましているのである。そこで忠平の教室は、なかなか儲かっている。

「何の商売も頭つかわんとな。コツがあるのよ、コツが。まず材料が安くないとな。前に木目込み人形をやったけいが、月謝を安くして、うちの儲けを減らしても材料費が高いもんでちっとも集まりゃせん。第二は常に初心者相手にするだ。中級以上はガタッと減るで直接先生の所へ通ってもらう。おらのとこじゃ最低十人は来んと採算が合わん。第三は珍しいものほどいい。英会話、フランス語、絵、書道なんてのは、どこでもやってるから、わざわざ村までは来んわ」

平和台と村はくっついているし、忠平のビルは平和台寄りにあるから、誰でも十五分も歩けば来れるが、町中の文化教室へはバスで二十分。当然、平和台の住民は町の方ばかり見て暮しているのである。

「なあ、珍しいほどいいだ。話の種になるで。尺八とかさ。音なんか何もでなくても三カ月でうちきり。バレエ教室も、飛行機操縦法もバーテン講習会も皆そうだ。形だけちょっとやってみりゃいいんだな、奴らあ」

「何か奇抜なことを考えろ、講師になれ」とうるさくすすめる。月謝は二千円で三十人募集し、期間は三カ月。三十人来ることはないが何とか二十人集めるとして十二万になる。忠平が半分とって、「おんしゃ六万だ。週に一時間か二時間口から出まかせ喋って月に二万。悪くないだろうが。来るのは若い奥さん連中ばかりでよ、きれいに化粧して先生先生いってくれる。講師が男と女じゃお前、生徒の集まりがまるで違うんだから面白いじゃないか」

「もしもし、先生かね」

今日の電話の第一声はこうだった。

「うちには先生はおりませんよ」

信作は一語ずつ区切って力をこめて言い、そのまま電話を切ってしまった。それからずっと怒っていたが、今度はこちらからかける気になった。

「もしもし、榎田先生ですか」

三階の事務所へ直通の電話だから、忠平が無愛想にハイと答えた。やはり、奴は他の人間には先生と言われても平気らしい。文化教室へ来る人たちも先生と言っている。実際、忠平は何かの講師をしたこともあるのだ。

「先生のとこの教室、いま何をやっとりますか」

「ヨガと、浴衣の仕立て教室、組立て時計、それから香水の知識だったかな……」

と言いかけて気がついたらしい。

「先生かね。そうだろう」

「違いますよ。こちらは百姓の信作だよ」

「ははあ、やっぱり中原先生じゃないか。こないだの話、考えてくれたかね。あとの講座が決らんで困ってるんだ」

「先生じゃないと言ってるじゃないか」

「先生は怒りっぽくて弱るよ。昔もそうだったなあ」

「他の人のことでしょう。ではさようなら」

いつでも怒って電話を切るのは信作のほうに決っていた。

あいつは悪い奴だ。毎晩あんな奴とつるんで飲み歩いていたなんて我ながら信じられない。まだろくな飲み屋はない頃だった。赤んぼうのおむつを替えた手でお酌をする若いおかみがいた。亭主の姿は見たことがない。頬が赤くて朗らかな目をしたおかみは忠平のお気にいりだった。いや、大体、信作のほうは居酒屋へ行く習慣などなかった。学校を出てからは、おやじにおさえつけられながら農協へ通っていて町へ飲みに行くことなど考えられもしないし、そのうち兵隊にとられて帰ってみれば焼け跡だ。あいつだって同じはずだ。信作より四つ下、ということは、二十歳から兵隊になったのだから、どこでどうして酒を覚えたのか。あいつは女房を貰って町で暮していた。女房が稼ぎのある女でパーマ屋か何かやっていたので、あいつは代用教員をしていれたのだ。信作も忠平のすすめで教員になった。もちろん、資格などなかったがかまわなかった。昔の旧制中学卒業は、いまの短大以上の値打ちがあったし、先生のなり手が極端に少なかった。なにしろ、それでは食えなかったから。信作のところは、両親と女房で田畠のほうは間に合っていた。時々ブローカーの真似ごとをしていたが、大してうまくもいかず、いや気がさしているところだった。

いつからだろうか。生徒が先生と呼ぶのはいいが、互いに呼ぶときも××先生というのはおかしいということになった。資格がないひがみもあったのだろう。二人は職員室の中で大っぴらに「中原さん」「榎田さん」と呼びあうようになった。校長も教頭もそれを咎めはしなかった。二人ともいい気分だった。

「先生くんだりまで身を落す気はねえんだ」

「先生しかできん奴らなんて滓みたいなもんだ」

二人とも先生を続ける気持ちはなかった。同僚たちは小心で小狡くて貧乏くさく見えた。だから無資格者は教員養成所へ入るように言われるとすぐに止めてしまったのである。その養成所というのは一年か二年通えば大学卒と同じ資格が取れるというもので、その一時期しかなかったのだから、今考えれば惜しいことをしたものだ。それで結局、学校には一年ちょっとしかいなかった。それくらいのことで先生乞食になってたまるものではない。

あいつは、それから西のほうへ行った。岡山やら大阪やら。いろいろ小商売をやったらしい。変に凝った岡持ちがあるので眺めていたら、カレー屋をやっているとき、特別に作らせたものだ、と言った。カレー屋に岡持ちが必要なものかどうか。皮ジャンパーは土地を世話したとき貰ったというから不動産屋もやっていたのだろう。あいつとは村が一緒の顔見知りというだけだった。村の中では互いの家は遠いほうだったし年齢も違うから遊び仲間ではない。先生時代には親しかったのにそれ以後は何の交際もなかった。

先生をやめてからは信作は家へ帰って百姓をやった。温室をやったり豚を飼ったり、いろいろ苦心するわりには成果があがらず、それよりもおそろしいような宅地化の波に乗ってアパートやら借家やら建てたほうがよかった。田圃は、とうとう一反だけになってしまったが、それをガソリンスタンドにしたいから貸してほしいという人があらわれ、さすがに最後の田圃なのでためらって毎日のように見に行った。その田は道沿いにあって、しょっちゅう、ジュースの罐だの煙草の空箱だの投げこまれるのである。

その田圃を道から見おろしている時だった。

「おい、中原先生じゃないか。先生の田かい」

と声をかけられた。先生などと呼ばれる覚えのない信作は警戒しながらゆっくり振りむくと、それが二十年ぶりの忠平なのだった。

「おう、いつ帰って来ただい」

「もう去年だよ。戻らにゃあ店を弟にくれるっちゅうもんで」

忠平の父が死んで、母一人では店をやるのがしんどくなったらしかった。

「これ、先生ん田圃かね」

どうして忠平が先生と呼ぶのかわけがわからなかった。先生という呼称にあれほど反撥しあった仲ではないか。そうかといって、わざわざ言うほどのことでもない。

「先生んとこは地所持ちだでいいよな。このへんは、いまいくらするね」

「考えたこともないよ。ここは八俵もとれるでな。いい田だで」

「もったいねえこんだの」

忠平は言いながら田圃へ唾を吐いた。信作はカッとして言った。

「おれの田だぞ。痰壺と間違えるな。それに、おれを先生と呼ぶのは止めよ」

「先生は短気だでいかんよ。昔と何も変らん。もう五十にもなるに往来で大きな声だしてまあ」

平気な顔でにやにや笑っている。

それが始まりだった。それから十三年、信作はさまざまに抵抗したが忠平は信作を先生と呼ぶのをやめない。他人がいても先生という。

考えてみると、あの頃、三十前後の二人が罵倒し嘲笑した校長や教頭の年齢になっているのだった。忠平は痩せた頭の小さい男で、それがいかにも機敏そうに見えた。いまも痩せてはいるが、しがない三文商いの小店の倅からビルの持主に出世して黒いベレーなどかぶっている。頭の後がとがっているのを帽子で隠しているのである。中肉中背の信作はでっぷり肥った重役タイプになった。といっても顔の黒さ、手の節くれ、やはり百姓である。彼自身もようすをつくろうことに関心はなく万年一日のように作業ズボンにぞうりをはいてどこへでも出て行く。いまは百姓はほとんどしていない。屋敷についた三十坪ばかりの畠は妻がやっている。ままごとのようなものである。

村のつきあいは自ずと限られていた。子供の頃や若い時に、いくら親しくしていても一人前の大人になると代々のつきあいのほうへいってしまう。そのほうが話しよくなる。大地主は別として村には地主、自作農、小作と三つのグループがある。そこでなら利害が一致し、共通の話題がいくらでもある。道筋の商売屋は彼らだけで会を作って旅行にいったり忘年会をしたりしている。

商店と百姓は決してうちとけることはないし姻戚にもならない。だから信作と忠平はせいぜい道で立話をするくらいの間柄なのだが、平和台の土地で儲け、ビルも完成して何もすることのなくなった忠平はひんぱんにやってくる。暇でしようがないのは信作も同様だから、つい上へあげてしまう。

「先生、アンズ見に行かんかね。そう家にばかりいるとねぐさるぞ」

「先生じゃないと言ったろう。アンズって何だ」

「アンズを知らんの。白い花が一面にぷわっと咲くのよ。空気が甘酸っぱい匂いになるんだと、その頃は」

「いいとしこいてあほらしい」

「そんなふうに言ってやりゃあ、その気になるだよ、女は。早春の信州でロマンチックな一日を過しましょう、とかさ。いくつになっても同じさ。先生にはわからんだろうがさ」

「何だ、文化教室か」

「そう。時々、遠出をするのがコツなんね。奴ら、自分で計画するのは面倒だもんだから、適当なうたい文句で釣ればすぐのる。今度は二十八人も応募があってよ、二人までただで行けるで。どうだい、先生」

先生と言われるたびに信作は不愉快な針で刺されている気になる。忠平のほうは、こちらで先生と言い返しても完全に無視しているのである。

「いま儲かるもの何だか知ってるかね。老人ホーム、保育園、進学塾だ。先生んとこ、山東にいい土地があっつら。あれ、保育園にせんかね。団地からどっとくらあね」

「他にも儲かるもんがあるだろう。お前んとこみたいなやつ」

「あははあ、文化教室ねえ。あんなもの、本当に水商売で経費倒れさ。この前、日本画教室をやりたいから一室借してくれと言ってきてな。それに貸すとね、先生、月に五万になる。四教室あるから、他もそれぞれ貸しゃ二十万だら。それが週に一回だ。七日全部ふさがれば百四十万。昼と夜と別にすれば、その倍だ。貸したほうがよほど儲かる」

「なら、貸しゃあいい」

「金は余ってるでな。もう儲けんでもいいだ」

そんな男ではない。際限なく儲けたいのである。

信作は逆襲に出た。

「先生のベレーはいいねえ。フランス製だっちったかね。よく似合ってるよ。先生って感じだなあ。かぶらにゃあ、榎田商店のおやじだけどよ。いくつも持ってるのか」

「イタリアだよ。ほしければ買ってきてやるよ。銀座の帽子屋で買ったんだ」

「ほしいわけあらすかあ。おりゃあ先生じゃねえもん。ベレーかぶってるのが先生さ」

「へへへ。そうかね。そりゃあおかしいんじゃねえか。先に生まれりゃ先生さ。何にしても、あんたあ肥ってるで先生さ。先生って顔じゃないかよ。わしみたいに吹けばとぶようなのは先生じゃないね」

「何言ってるか。教頭なんか五十キロなかったぞ」

「ああ、榊原ね。あいつ清れん潔白な顔して、しけた借家住まいだったくせにリベート取ったのがばれてよ。何でも制服決めることになったとき、洋服屋によこせと持ちかけたんだと。それでついに校長になれずじまいよ」

関西にいたにしては消息に詳しい。しばらくは当時の同僚の誰彼の噂につつった。信作としても、たかだか呼称ぐらいのことで大騒ぎするのはみっともないという気があるのでどうしても強く出られない。考えだすと眠られなくなるほど腹だたしいのだが。

「人がいやだということをどうしても止められんのなら、それはわざとしているということだで、そんな人間とはつきあえんな。そう思わんか」

「頭のいい人の言うことはさっぱりわからんよ。先生ともなりゃ、ずいぶん持ってまわった言いかたをするもんだな。まるで大統領か首相だね。そういえば首相の演説読んだかね、先生」

「先生というな」

「わしが先生と思ってるんだからいいじゃないか。尊敬してるっちゅうことよ」

「何でもいいからやめよ。やめられんなら、もう来るな。おんしとは、もう絶交だ」

「わかりましたよ。もう言わないよ」

そう言うが、次に来たときは、また先生先生という。向うから持ちだすこともある。

「先生、そうこだわることはないら。先生でも何でもいいじゃないの。わしは平気だよ。一度、大阪の地下道で酔い潰れて寝ちまったことがあってな。乞食の行き倒れと間違えられた。着てるものもひどかったし、髪は伸びほうだい、垢だらけ。借金取りが来るから家へも帰れん。ああ、たしかにわしは乞食だな、と思ってさ。人にそう見えりゃしようがないじゃないか。先生は甘いよ。ぜいたくいっちゃいかんよ。大体、先生は食うに困ったことなんかないだろう」

「同じじゃないか。よろず屋へは百姓らが金借りに行ったもんだよ。こちらへ帰ってくりゃあよかったんだ」

「先生は知らんがね。おやじとはちっともうまくいかなかったんだ。それで町へ出たんだ。ひょっとしておやじの子じゃないかも知れん。おやじが先に死んでおふくろが残ったからよかった。それで戻ってこれた」

「それと平和台の土地転がしのお蔭だあな」

「はは、すんだこと、すんだこと」

忠平はパーマ屋をやっていた妻とは大阪で別れたらしい。ひどい暮らしをしていたのは、その頃だろう。こちらへ帰ってすぐに再婚した。前の妻との間には子供はなかった。したがって子供は再婚してからの子で、まだ三人とも小学生である。信作の孫の同級生もいる。

鮮やかな柿の若葉が梅雨に濡れている日、信作は忠平の家へ出かけた。日曜日だった。彼にしては一大決心をして出かけたのである。忠平の自宅は、信作の家からは店へ行くより近いが行ったことは一度もないのである。家はよく知っていた。白い四角な洋館で悪口の種になっていたから。どう見ても角砂糖かサイコロだと皆は言っていた。特に百姓仲間には評判が悪く、「変な家」といえば通用するくらいだ。

ドアはぼこぼこと飾りをつけた樫の木で真中に獅子のステッカーがある。呼びリンをおすと、頭の上から声が降ってきた。

「ハアイ。何でしょうか」

「先生おりますか。信作だが」

「ハアイ。お待ち下さい」

日曜日は子供たちがいるから、忠平の妻は店を店員にまかせて休んでいるらしい。どの家へ行っても、いきなり南側の縁からあがりこむ習慣の信作は、いらいらしながら待った。白い洋館の傍に盛りあがるようにびっしりと紫陽花が咲いていて実にうつりがよかったが、信作は肩先を濡らす雨さえいまいましい。雨の日くらい錠をかけないでおいたらどうだろうか。信作の家も近所も錠をかけるのは出かけるときと寝るときだけだ。

ようやくドアの向うに人の気配がした。すぐには開けずに覗き穴から観察しているらしい。真赤に力んでいる信作の顔が見えたに違いない。仁王さまとか鬼瓦とかいう仇名のついた四角な大きな顔である。

「本当に信作さんだね。珍しいね。まああがってちょうだい」

あわてててドアを開けながら忠平の妻が言った。よっちゃん、と呼びたいのを信作は我慢した。芳子は百姓の娘だから信作とは同じグループである。芳子と呼びつけにしてもいいのだ。しかし、信作は今日は決心しているのである。

「日曜に悪いね、芳子先生」

芳子は笑いだした。

「また何を言うだかね。芳子先生だなんて」

「榎田先生はおりますかね」

にこりともしない信作に芳子は具合が悪そうだった。

「何卒あがって下さい。いま呼びますで」

ふしぎなことに内部は和室ばかりだった。奥の八畳で待っていると忠平が出てきた。ベレーはかぶっていない。いつものチョッキもなし。よれよれの開衿シャツにトレパンである。円形禿げというのか頭の中心部が丸く抜けている。

「先生も人が悪いよ。来るなら来ると言ってくれにゃ」

口の滑りもいつもほどでなく、仏頂面には目ヤニがたまっている。そういえばこいつは低血圧だったなと信作は思いだした。一緒に勤めていた頃、忠平は遅刻の常連だった。

信作は出ばなをくじかれて黙ってしまった。いつもと勝手が違うので逢ったらすぐに言ってやろうと決心してきたのが言いだせなくなった。それならそれで慌てて何か訪問の口実を作らねばならないが、あせればあせるほど言葉がみつからない。

「このへんまでちょっと来たんで……家でも見て帰ろうかと思ってね。いや、外からちょっとだけ。えらく評判だで、先生の家は。外人さんでも住めるって」

ほう、と答えたきり、まずそうに煙草を吸っているのである。何も言わないので間が持たない。

「先生は何時に起きるだね、いつも」

ようやく、そう言ってみた。

「別に決ってやせん」

にべもない返事だった。まさに「先生」という顔をしているし、信作のほうでも忠平を先生と呼ぶのに何の抵抗もない。

芳子がお茶とお菓子を持ってきた。先程は田舎くさくベルトなしのワンピースの上に安物の羽織を着ていたがスーツに着替えている。

「これは面倒かけて申しわけない。しかし、先生も何だね、こんな芳子先生みたいな若い別嬪が女房じゃ何かと気がもめるら」

せいいっぱいのお世辞のつもりだったが忠平は「四十二だよ」と吐き捨てるようにいい、芳子のほうも気を悪くしたらしく返事もしない。先生と言われて怒っているのだとはっきりわかる。

信作も芳子も、かつては百姓の中の自作農グループだった。地主階級は、どんな尊称をつけられても驚かないし、小作連中は先生などと言えばとび上って笑いだすだろう。もっとも、信作としては芳子がそのことについて抗議してくれるのが頼みの綱なのであるから、一切無視して、また言い続けた。

「芳子先生のお蔭で店でもずいぶん儲かってるそうじゃないかね。榎田商店の品物はセンスがいいって皆言ってるよ。この前も嫁が何か買ってきたっけ。何だったかな。上へ着るもんさ。芳子先生が見立ててくれたって喜んでたが」

「そうですか。いつもごひいきにしていただいて有難うございます」

芳子は他人行儀に礼を言い、さっさと退ってしまった。

「今度は冠婚葬祭講座をやろうかと思ってね。先生講師になってくれよ」

「冗談じゃない。どうしておれがそんなことできる」

「いいって。ちゃんと参考書もあるしよ、このへんのことを話してやってもいいし。お通夜とか、四十九日とか、そんなことさえ、この頃の若い連中は知らんのよ。いつも聞かれるんだ。お通夜に何着てったらいいか、何か持ってくのか、とか、結納が決った親戚に結婚祝とは別に何かあげるべきかどうか、とか。常識喋ってりゃあ、それでいい。これは必ず受けるね」

「そんなら自分でやりゃあいいじゃないか」

「わしがやったんじゃ有難みがないもの。何たって商売屋のおやじだから」

「おりゃあ百姓だぞ」

「一年中鍬持たん百姓がどこの世界にいる」

「何をせんでも百姓だ。それ以外のもんにはなりたくねえ」

「あんたあ先生さ。先生って顔さ」

「違う」

信作は怒りのあまり大声で叫んで机を叩いた。忠平は笑った。信作は、すぐに自分がおとなげなかったと反省した。

「としをとるとすぐカッとなるよ。おれは高血圧で薬飲んでるから怒っちゃいかんだけどな」

「いいよ。よく知ってるから。それより先生頼むよ、その講師の話」

「それなら誰でもいいんじゃないか。高崎さんなんかがいいよ」

高崎というのは学校を定年退職した老人だった。

「あんなじいさん、しようがない」

「おれと幾つも違わんよ。まだ七十にはなってないはずだ」

「耳の遠いようなじじいは困るんだ。老人の暇潰しにやってるんじゃないんだからな」

「とにかく、おれはごめんだ」

できるだけ静かにそう言って信作は帰ってきたのだが、十日もしないうちに庭先から忠平の声がしてきた。たまに晴れた日なのでせっせと洗濯物をほしている妻のタカに話しかけている。

「おせいが出ますな、タカ先生。お宅は人数が多いから大変だね」

タカは「先生」と言ったのを聞き逃したらしい。

「嫁がパートに行ってってね、この頃は。洗濯から炊事から孫のお守りまでせんならん」

「それじゃ先生も老けてなんかおられんちゅうわけだ」

「うちのお父さんは駄目だわ。遊び歩いてばっかで」

「いや、タカ先生のこんさ。若いね」

「何言ってる。おりますから上ってちょうだい」

忠平と同じ年齢のタカは少しも動じるふうがない。信作は内心でニヤリとした。

ところが、忠平は冠婚葬祭の参考になるような本をどさりと持ちこんだのだった。

「やらんと言っただろう」

「そうかね。承知してくれたと思ったがね。講師代も弾むから頼むよ」

「有難いことにこの上儲けんでも食っていけるからな」

「先生ほどの適任者は他にはおらんのよ。気楽にやってくれりゃいいんだからさ」

「やらんと言ったらやらん」

「そうか。残念だなあ」

どうも講師の件は口実らしいふしもある。いやに簡単に引きさがりすぎる。

隣りの部屋であかんぼうが泣きだした。タカは信作が家にいさえすれば、あかんぼうを信作の近くへおく。昼寝から醒めたらしい泣き方だった。

「タカ。幾子が目をさましたよ」

呼んでもこたえない。裏の畠へでも行ったのだろう。信作は舌打ちしてあかんぼうを連れてきた。

「女の子かい。いくつかね」

「二つかな。一つ半というか。こんな子がいるんだから家にいりゃいいのに困ったもんだよ、紀美代も」

「人手があるんだからいいじゃないか。紀美代先生もまだ若いし。三十にもならんだから」

おや、と見直す信作の顔をちらっと見てから忠平は幾子に手をのばした。

「もう一つ半になるか、幾子先生は。どら、おしめが濡れてるんじゃないの」

「触らんでくれ。いまタカを呼んでくる」

「おしめも代えられんのか、おじいちゃん先生は」

襖をあけて信作は、あらん限りの声でタカを呼んだ。タカの返事はない。そのかわりに猫が入ってきた。

「ははあ、タカ先生じゃなくて、タマ先生が来たね。おい、タマ先生、今日の朝飯は何を貰ったい。いいもん貰ったか」

信作は猫を襖の外へ蹴りだし、座布団の隅をかじっている孫を荒々しく抱きあげた。何が何でも、こんなきちがいとは絶交せねばならぬ、と思った。

日常的美青年

私はヒロシ君に惚れたのかも知れない。

朝食に使った茶碗を洗い、布巾を日のあたる所へ干しているとき、ふいに私はそう考えた。私は誰もいないのに少しうろたえた。私は結婚して二十一年目の人妻でヒロシ君は二十九歳だが、それが原因で狼狽したのではない。ヒロシ君がすばらしい美青年だからでもない。「惚れた」という品の悪い言葉に私は赤面したのだった。それは、私が上品な人間だからではなくて、私が「惚れた」りしたら、ヒロシ君が汚れるような気がしたからである。

ヒロシ君は天使のようにおっとりしている。

「あの子、少し馬鹿なんじゃない」

直子は、いつもそう言う。直子は美に対して不感症なのである。

いつか、たくさん貰った百合をお裾わけしたとき、直子は馬鹿にしたように言った。

「百合なんかしようがないなあ。くさいだけだもん。捨てるときだってかさばるし。薔薇ならドライフラワーにすれば経済的だけど百合は駄目でしょ。せめて菊なら、花はお浸しにして葉っぱは天ぷらにするから少しは何かのたしになるんだけどね」

まあ、そういうところが面白いのだが、学生時代に会っていたら私は決して直子などと友達にはならなかっただろう。直子とはヨガ教室で知りあったのだった。ヒロシ君は、そのヨガ教室の先生の助手である。ポーズの見本を見せたりするわけではなくて、生徒たちが足を組んだり、そりかえったりするお手伝い役である。

私はヨガは二カ月でやめてしまったが、直子とは名前や電話番号を教えあっていたのでその後も時々逢っていた。

ヒロシ君とつきあうようになったのは偶然だった。彼が私の家にガソリン・スタンドの宣伝に来たのである。

「あら、あなた、ガソリン・スタンドの従業員だったの」

と私は叫んだが、ヒロシ君は半年前に二カ月来ただけのヨガ教室の生徒など覚えてはいないらしかった。

「私、ヨガ教室でお世話になってたのよ。ね、お茶でも飲んで休んでいらっしゃい。上ってちょうだい」

ヒロシ君の白い固い額には汗がプツプツと湧いていたのだ。

「はあ、そうですか」

彼の返事は、まことに頼りないものだった。辞退するでもなく、感謝するでもなく、言ってみれば親類の家へでもあがるような当然な顔で客間のソファに腰かけた。ヨガ教室では背が高いだけで貧弱な体格と思っていたが、近くで見ると骨組みがしっかりして、なかなか逞しい。

「すぐやめちゃったから覚えてないでしょ、私のことなんか」

「どうしてやめたんですか」

「だって精神修養みたいなお説教ばかりするんだもん、あの先生。それも立派な人ならともかく、まるでバアのバーテンみたいにちゃらちゃらした若い男でしょ、うんざりだわ」

「あの人、バーテンが本業です」

「あら、いやだ。本当？」

「ぼくもやめました」

「どうして」

　ヒロシ君はそれには返事をしなかった。

「奥さんがやめたのは期待通りに瘦せなかったからでしょう」

　私は驚いて紅茶をこぼしそうになった。何ということを言うのか。私は瘦せてはいないが肥満というほどでもない、すれすれのところだと信じている。第一、私は肥りぎみでなければ何の魅力もない女なのである。夫も恋人も皆そう言った。

「私、そんなに肥ってるかしら」

「いや、肥ってはいないけど、ヨガ教室の中では一番でした」

「嘘よ。四番目くらいよ。少なくとも三番目だわ。私より肥っている人が二人はいたわ」

「いいえ、一番です」

「違います。三番目か四番目よ」

私の剣幕が凄まじかったせいか、ヒロシ君は黙ってしまった。しかし、おそれているのではなく、珍しそうに私の顔を眺めている。

「あの、ぼく、奥さんが一番でなくてもいいですけど」

「何言ってるのよ。どうせ豚みたいだと思って心の中で笑ってたんでしょ」

「肥っているといけないんですか」

「当りまえでしょ。あなただって、さっき、そう言ったじゃない。痩せないから止めたんだろうって」

「奥さんたち、それでやめたんだって先生が言ってましたから。だから、ぼくもそうかなと思って」

「もういいわ」

「そんな重大なこととは思えないけどなあ」

「そうね」

私も自分が怒鳴ったりしたのがおかしくなっていた。

ヒロシ君は自動車販売会社の営業所に勤めていると言った。ガソリン・スタンドは応援にかりだされただけであって従業員ではない。そのガソリン・スタンドは私の家のすぐ近くだったので私はヒロシ君がそこに勤めていないのがちょっと残念だった。

それからヒロシ君は時々来るようになった。仕事は、要するに自動車のセールスマンのようなことらしく、商売としての商談は夜が多いので、昼間は暇らしかった。

私は初めからヒロシ君を好きだったわけではない。好きとか嫌いとかいう範囲外だった。きれいな花を鑑賞する心持ちである。ヒロシ君は喜怒哀楽が大げさでないから、こちらも静かに眺めていることができる。ただ、時々おかしなことを言う。常識外れなのか、わざととぼけているのか、よくわからない。

「ぼくの家は山持ちです。高野山は、うちの山です」

「曾祖父の代は伯爵でした。世が世なら、こんなふうに奥さんとお話しなんかしていられない」

「まあ、お家柄なのね。じゃ、今は、すっかり没落なさって、しがない自動車売りってわけね。お気の毒なこと」

皮肉たっぷりに言っても少しも動じない。

「奥さんのところは、お金だけは、たくさんあるみたいですね」

無邪気に、にっこりする。滅多に笑わない男なので、笑うと私は、くらくらっとする。花が開いたように顔が明るくなり、白い歯が見え隠れし、まなざしが熱っぽく感じられる。私は、その笑顔を見たさに、彼の意を迎えようとして言う。

「そうよ。私は金持ちの娘だったの。そして金持ちの息子と結婚したの。だから、お金だけは、たくさんあるわよ」

「いいですねえ」

ヒロシ君は、さらに大きく笑う。

「あなたのところも、山持ちなんでしょ」

「ええ。でも、本家が山持ちなんです。うちの父は四男だし。祖父は十三男だし」

私たちの話題に私の主人が出ることはなかった。私はヒロシ君とは関係のない人だから言わないのだが、ヒロシ君まで気にしないのはどうしたことか。

五時半頃までヒロシ君がいたことがある。私は五時から夕食の仕度をする習慣なのでいらいらしながら、それが言いだせないでいた。とうとう、電燈をつけた。

「ごめんなさい。私、お夕飯の用意しなきゃ」

「いいですよ、ぼくなら平気です」

「うちには食べさせなきゃならない人がいるのよ」

「子供はいないんでしょ」

「子供じゃないわ」

「じゃあ、いいでしょう」

「主人が帰りますのよ、六時半には」

「帰ったっていいじゃないですか」

「よくないわよ。ま、外で食べるときもあるけど」

「あっ、そうしましょう。どこかへ食べに行きましょう。そうだ、ナマズのお刺身を出す店があります。あ、いやですか。それじゃあ、他の店にしましょう」

「主人はどうするのよ」

「主人はいいですよ。主人は勝手に食べれば」

私は、ふきだしてしまった。ヒロシ君が私を笑わせるために、そんな言い方をしたのだとばかり思った。だが、ヒロシ君は全然笑わなかった。大真面目なのである。

直子は一度私の家でヒロシ君と一緒になった。それまでは二カ月に一回くらいしか来なかったのがそれ以来繁く来るようになった。ヒロシ君のせいではなかろうか。ヒロシ君がいなくて、私と直子だけの時はヒロシ君の噂ばかりするようになった。直子とは新しい友達なので共通の友人はヒロシ君しかないということもあったが、ヒロシ君のことなら、いくら話しても飽きないのである。

「ああいうの、白痴美というのよね。ホストクラブ向きだわ」

直子は悪口ばかり言う。

「だって品がいいわよ」

と私は反論する。

「私たちとは家柄が違うもの、おっとりしてるわ。生れつきなのね」

「うん、火星人みたいなとこあるね」

「ほら、貴族はお風呂から上ったときも、裸のまま立っていてお附きが体を拭くって言うでしょ。マリー・アントワネットだって、ひしめきあう群衆の前で出産したんですってよ」

「なんでひしめきあうのよ」

「本当の子だってことを証明する人たちが皆で見てるのよ」

「あんた、クッキーもうやめなさいよ。また肥るじゃないの」

直子は私より五、六歳年下のはずだが、まるで年上のような口をきく。

「ヒロシ君たらねえ、この前こんなこと言うのよ。ぼくは必ず年上の女と結婚します。それもずっと年上と」

「まあ、いやだ。男らしくないわね」

「あら、直子さん、あなただって、ヒロシ君よりずっと年上じゃなくて」

直子は複雑な顔をした。直子でもヒロシ君よりは十近く年上である。

「直子さんなら頼りがいがあるものね。彼、あなたのこと好きなのかもね」

「冗談じゃないわ。私は二人も子供があるのよ。もう下の子が帰ってくる頃だわ。今日は給食のある日だから、いつもより少し遅いんだけど」

「そうね。子供があっちゃあね。私なんかのほうがコブつきでないだけいいかな」

「いやらしいわね。うっとりしちゃって。あんた、ヒロシ君のことばかり言ってるじゃない、最近。まるで恋する女みたいよ」

そう言われたときは、私は、まだ気がつかなかった。

ヒロシ君は、時には昼食を食べていくこともある。店屋ものをとったり、ありあわせのものを出したりする。ヒロシ君は決して遠慮しない。まるで若い娘のように慎ましく、お行儀よく食べる。どんなものでも全部食べてしまう。

「若い人がすっかり食べちゃうのって気持ちいいわ。特に私の作ったものを皆食べてくれると嬉しい。うちの主人は少食なのでつまらないのよ」

「おいしいですね。奥さん、料理がうまいですね」

料理は好きだが、うまいというほどではない。聞いてみるとヒロシ君の母親は、ほとんど町のお惣菜ですませているらしい。

「よっぽど忙しいのかしら」

「女中がいないから忙しいと言ってます」

「以前はいたの」

「いいえ。おやじの文句を封じるために、そんなことを言っているのでしょう」

「へえ。でも、ヒロシ君、結婚すれば毎日奥さんの手料理が食べられるじゃない。はやく結婚したら。二十九といえば、はや過ぎやしないわよ」

「そうですね。奥さんみたいな人と。いや、いっそ奥さんとしたらどうでしょうか」

「奥さんって、私のこと」

「ええ」

私は笑いかけて止めた。ヒロシ君は年齢の差も、顔の美醜やスタイルのよしあしも気にしない。私が人妻であることも大したこととは思っていないし、私の気持ちさえも彼にとっては重要ではないのである。

「わりあい、いい考えだと思うけど。何か困ることがありますか」

「あなたね、食事をちゃんとしたいために、お惣菜屋のコロッケを食べたくないから私と結婚したいって言うの」

「ええ。兄貴もそう言って結婚しました。兄貴は二十四で、さっさと家を出てしまったのですから」

「あのね、誰でもお料理くらいするのよ。どんな女でも。それなら若い美人のほうがいいんじゃないかしら」

「そうですか」

しばらく考えてから再びヒロシ君は言った。

「だけど、捜すの面倒だし。ぼく、顔や年齢なんかどうでもいいし。セックスだって、若い女は、ややこしくて、すぐ怒ったり泣いたりして、ぼくのしょうに合いませんから」

そうしてみると、かなりの経験があるらしい。それも各年齢層にわたって。私は驚いたが考えてみれば私とは関係のないことである。

「だからどうだって言うのよ。私にそんなこと言ったってしようがないでしょ」

「だから、奥さんでいいです」

私は怒るべきか喜ぶべきかわからなかったので黙っていた。私は美人ではない。スタイルも悪いし四十を過ぎている。それなら感謝すべきだろうか。一応「ありがとう」と言ったほうがよいだろうか。私が迷っていると、ヒロシ君は天真らんまんな微笑みを浮べて言った。

「よかったなあ、結婚できて。それに、奥さんは金持ちだし、いいことばかりじゃないですか」

ヒロシ君の鼻の穴がふくらんでいる。彼がそこまで表情を崩して喜んだのを私は初めて見た。するとさっきのセックスの話を思いだし、変な気がしてきた。いままでは、彼にはそんな動物的な行為は全く似合わないと思いこんでいたのである。

それでも私はまだヒロシ君と言葉の遊びをしているつもりだった。

「惚れた」と自覚するまでに三カ月かかっていた。

今までに、そんな経験はなかった。

夫とは、れっきとした恋愛結婚だが惚れたのではない。父親同士が友人なので夫のことは私は子供の頃から知っていた。しかし、別に父親たちが許婚と決めたわけではなく、私たちの間にもそんな気配はまるでなかった。彼は大学を出たとたんに結婚した。その頃、私は高校生だった。

それから東京の女子短大へ行き、卒業して家へ帰ったら、彼は、もう妻とは別れていた。そして、私も、その気になった。つまり、彼は私の男友達とは全然違っていた。一度結婚した男らしい落ちつき、三十前に、すでに父の会社の重要な役を占めている自信。私たちは恋し合うようになった。前妻は水商売の年上の女だったそうで、彼の家でも積極的に私を迎えてくれた。私の親たちは賛成しなかった。わざわざ再婚の男を選ぶことはないと言った。彼は前の結婚ですっかり大人たちの信用をなくしていたのである。だが私の決意が固いので、親たちもしぶしぶ許してくれた。持参金は父の会社の株である。

夫の会社は、この頃は、あまり景気がよくないそうで、もとより小さくなっている。一方、兄が継いだ私の実家の会社は大変景気がよい。だから私の貰った株は一千万円以上になっているらしいのである。

いま思うと、私は夫が健康で危うげのない男であること、家どうしが釣りあっていることを見定めてから恋しはじめたようなふしもある。おそらく夫のほうも同様だろう。

直子は私の気持ちの変化に気づいたらしかった。

「あんた、初めから変だったもの。あの子の話をするときは恍惚状態なんだから。顔を赤くしちゃって」

「そうかしら」

「やっぱりお嬢さん育ちなのよね。万事スローモーなんだ」

「だって、直子さんだって好きなんでしょ」

馬鹿なこと言わないでよ、という声がとんでくるものと信じていたので私は首をすくめて待ったが、直子の返事は遅かった。

「私、芸術って、わかんないのよ」

「芸術とヒロシ君とどうつながるの」

「だからさ、絵を飾ったりするでしょ。あれ、わからない。地震のときは、その絵を食べられるとか言うんならともかく。むやみと高い絵を買ったりする心理、理解できないのよ」

うちの応接間の絵は本物の泰西名画である。直子が気絶しそうな値段だが、私たちが「芸術」を理解しているからではない。

「これがあるうちは会社は潰れないぞ。どたん場へ来ても何とかなるはずだ。最悪の場合でもこの絵で、おれたちは五年や十年食うことができる」

夫は、そう言っている。私も感心し、この絵を尊敬しているが、絵などろくに見はしない。大体、線がからみあっていて、見ても何が何やらわからない。

「それに、私は常識が豊かすぎますからね、とてもあんたの真似はできないわ」

「あら、私、何もしてないわよ」

「ふん。じゃ、あんたの内心を教えてあげるよ。あんた、御主人と別れてヒロシ君と結婚する気なのよ」

「えっ。本当」

「そう」

その証拠に、と直子は言う。

私は夫と離婚するのがどんなに簡単かという話をしたらしい。夫には十五年も前から仲のよい女の人がいる。会社の経理をやっていた女だという。当時、夫の会社は潰れそうだったのである。しかし、夫は私には何も言わなかったので、私は毎日遊び歩いていた。父から金を出してもらって一カ月ハワイで泳いでいたのも、その頃である。その女には、二人も子供がいる。夫の子である。私に子供ができないのだから、しかたがない。どちらにも欠陥はないのに、できないのは相性が悪いとしか言いようはない。

「お前とは離婚しないよ。とても一人ではおいておけないからな。そこへいくと、澄子は強いから、ほうっておいてもいいんだ」

「じゃ、もしも私が相手を見つければ、離婚するってこと」

「そりゃあ、大助かりだ。まあ、可能性はないけどなあ。としもとしだし、顔も顔だし。努力しても駄目だろうなあ」

夫と、そんな会話をした覚えがある。

そういえば澄子さんの子供を半日預ったことがある。夫が半月ばかり東南アジアへ出張しているときだった。私は澄子さんの顔を知らなかったので何のことかわからなかった。瘦せて顔色の悪い三十女が一人を背負い、一人を抱いて家へ来た。

「申しわけありません。親も親類も知りあいもないんです。三時間だけこの子をお願いします」

一歳半ぐらいだろうか。どんなことをしても泣きやまない。背中に背負って外へ出ると静かになったが、その他のときは嗄れた声でせいいっぱい喉の奥を見せて泣き喚くのである。だから、私は二時から六時過ぎまでずっと、その子をおんぶして家の周囲をぐるぐる歩いていた。もう、あの子の顔も覚えていない。今は小学生だろう。

私にとってショックだったのは、それが夫の子だということではなかった。帰ってきた夫が神妙な顔をして珍しく他人行儀に礼を言ったことだった。

「留守中、澄子がいろいろ世話になったそうですまなかった。どうも有難う」

「澄子」は彼の身内で、彼の奥さんである私は、よその人としか思われない言い方だった。私は、やっぱり離婚したほうがいいと考えた。実家の兄にそれとなく当ってみた。実家には両親が住んでいた庭続きの離れがあるし、兄とは仲がよかったのである。

「いいよ。いつでも来いよ。衣まではわからんが食と住は大丈夫だよ。じゃ、離れを掃除しとくからね」

兄は男だから大ざっぱだった。事情も何も訊かずに二つ返事で引き受けた。そのときは冗談にしたが。

直子に言われなければ私は、そんなことは考えもしなかっただろう。結婚という言葉は二十代のものだった。私などが、そんな言葉を使ったら、言葉が腐ってしまう。

しかし、ヒロシ君にとっては、そうではないらしかった。洗顔とか、食事とかいう言葉と同類のようである。いや、料理と同義語だろうか。

「いつ、結婚しようかな。来週の水曜日なんかどうでしょうか」

「大安なの、その日」

「ぼくの会社の設立記念日で休みなんです。だから都合がいいでしょう。日曜だと混みますからね」

「どうして混むといけないの。何のために」

「だって、人がうるさいでしょう。買いものにしても、何にしても」

「家を借りなきゃいけないわ」

「この家でいいです」

「この家は主人の家ですもの。ここにいるわけにいかないわ」

「主人は何と言ってますか」

「結婚のこと？　多分大丈夫だと思うわ」

「それならいいじゃないですか、主人が出て行けば。あちらは一人なんだから」

「一人じゃないのよ。四人家族なのよ、あちらは。五人かも知れないわ」

もう一人子供が産まれたと聞いたのを私は思いだした。それとも、あれは別の人だったのか。

「家を借りるとお金がかかるでしょう。主人が家を借りたらどうでしょうか」

「駄目よ。ここは主人の家だと言ったでしょう」

「貰ったらどうですか」

ヒロシ君は、しつっこくこの家に執着するのである。

「そうね。子供部屋がないものね、この家。七十坪しかないから五人家族では狭すぎるわね」

さっき四人とか五人とか言ったときから鋭いトゲが私の胸に刺さっていた。中二階への階段の手すりに見知らぬ子供たちがぶらさがる。花壇の周囲を犬が駈けまわる。テラスの椅子に夫と知らない女が腰かけて庭の木々の話をする。そんな光景は耐え難かった。私の見たことのない家でやってもらいたかった。

「イシャ料として、この家をもらいなさい。それくらいは当然です。向うは永年にわたって不貞を働いてきたのだから精神的虐待と言えます。それに、あの会社は、今は、すっかり立ち直っています。今がチャンスです」

ヒロシ君は、しっかりした口調で言った。いつもの、舌足らずのような、ぼんやりした言い方ではない。言うことも正しい。だが、どうして夫の会社のことまで知っているのか。

「ヒロシ君って、いざとなると商売人顔負けだわね。頼もしいのね」

顔が引きしまって見える。引きしまった分だけ品がなくなっている。

「ぼくは販売成績が全国二位なんですよ。セールスやってるのは三千人からいて、その中の二位です」

「まあ、驚いた。それじゃ、収入も多いんでしょ」

「思うほどじゃありません。フリーの宣伝員だったら倍になるのだけど」

「それで親の家にいるんじゃお金がどんどんたまるわね」

「家賃って馬鹿らしいですからね。やっぱり、ぼく、この家に住むのが一番いいと思う。主人は必ず承知しますよ」

たしかに主人は家をくれた。何のいざこざもなかった。

ヒロシは、すぐに越してきた。ヒロシの姉と姉の子も来た。

「ぼくは奥さんを幸福にしたいのです。女中のようなことをしてもらいたくない。それで姉を連れてきました。姉は未亡人です」

色の白い、しとやかそうな女だった。おとなしく挨拶したが、私は、あまり愉快ではなかった。そんな話は何も聞いてなかったのである。

しかも、女が働いたのは初めの一日だけだった。

二日目、食堂で私がコーヒー豆を引いていると、ヒロシが言った。

「あの人、子供が喘息で始終発作をおこすのね。だから、今日は看病で他のことはできないです」

ヒロシの姉は玄関脇の洋間にいる。そこは私が造花を作ったり籐をいじったりする作業場用に増築した部屋で、玄関から一旦靴をはいて行くのである。

次の朝は、こう言った。

「あの人、低血圧なんです。だから、朝は起きられないのです」

朝は寝ていて、昼は勝手にパンなどを食べ、庭で子供を遊ばせ、夕方は私が夕食を作ると、あわてて食堂へ入ってくる。

ヒロシは四日目は、もう何も言わず、五日目にこう言った。

「ぼくの姉ということは、あなたにも姉です。結婚したのだから。そうでしょう」

「ええ」

「それでは、ぼくと同じように大事にして下さい」

「してますわよ」

「姉は体が弱いんです。皮膚も薄いので、おむつを洗うと、すぐかぶれます」

「私、おむつなんか洗わないわよ」

私は叫んだ。

「お姉さんを連れてくるなんて知らなかったわ。お姉さんのお世話なんかごめんだわ」

「いえ、お湯で洗えばいいのですから」

ヒロシは慌てていて醜い顔になっていた。

今日は子供が病院へ行く日なので、と三人で出て行ったあと、私は掃除もせずにぼんやりしていた。

直子の顔が庭のザクロの花の横にぽっかり浮んだときは夢かと思い、それから危く泣きそうになった。

直子はニヤリとした。

「どうですか、美男は」

私は首を振った。

「時々見るものなのね、ああいう人は。毎日じゃ」

「虚勢を張るんじゃない。お姉さんが気にくわないんでしょ。子連れのお姉さんが」

「知ってるの」

「うん。だけど、あれ、彼の本当の姉さんなのよ。腹違いの。彼は、あの姉さんが好きで給料も皆捧げてるらしいわ。勤めて以来ずっとよ。だから部屋も借りられないし、結婚もできないってわけ」

私は大きな溜息をついた。私は姉と称しているがヒロシの女に違いないと疑っていたのである。

「図々しい女だけど、触らなきゃいいのよ。ほっとけば」

「そうね」

「ヒロシ君とは、うまくいってるんでしょ。よくよく考えたら、あなたとはお似合いの夫婦だわ」

「そうかしら？　直子さんは前に彼のこと白痴美なんて言ったけど正反対なの。私なんかてんで馬鹿にされちゃって。私、株なんかも潰れた会社のをたくさん大事に持ってたのね。それ、ヒロシ君が全部整理してくれたの。家の権利書なんかも、私が持ってるとなくしちゃうから彼が保管するって。もうしっかりしてるのよ。家計簿までつけさせられてるわ」

「そう。彼に実印まで渡しちゃったの？」

「うん。その実印だってね、どこへしまったかわからないので二人で何時間も捜したの。私って駄目ね」

「籍もいれたのね？」

「そうよ。結婚したんですもの。お式はやらなかったけど」

「じゃ、あとは殺されないように用心するだけね」

私たちは大笑いした。ヒロシの姉の連れている姉の子は誰の子なのか。私は、ふと疑問をいだいたが、直子には言わなかった。

日常的患者

私は、もうとしをとったので体のあちこちが病んでいる。老人になるというだけで、もう立派に一つの病気なのだ。

年齢に不足はなかった。

夫は、もう十一年も前に死んでいる。

男のほうが平均寿命が短いのだから、当然先に死ぬ。

彼の病気は何だったろうか。

あまりに、しょっちゅう病気が変ったので私は到底全部は覚えていられない。

それに、としをとると物覚えが悪くなるのである。

とにかく、最後は心不全だった。いやに平凡だが、何年も病気をしてありったけの知識を使いはたしてしまったので、それくらいしか考えられなかったのだろう。心不全の前は癌だった。彼は気取りやだったので、どうしても癌をやりたかったのだ。癌と精神病と水虫が治らぬ病気として一番あとまで残っていたのだし、水虫では死にはしない。精神病も死と直結してはいない。

精神病といえば、彼はおかしくなったことがある。

五十くらいの時だったろうか。

私に向って深々とお辞儀をしたのである。

「どちらの奥様か存じませぬが、ずいぶん御親切にしていただきまして有難うございます」

「あなた、何を言っているんです。ふざけているの」

「では、わたしは、これで帰らせていただきます」

私は、あっけにとられた。

「帰るって、あなた……しっかりして下さい。どこへ帰るのです」

「何卒、引きとめないで下さい。もうおいとましなければなりません。うちで両親が待っています」

「あなたの御両親なんていやしないでしょ。ここは、あなたの家ですよ」

「いえ、わたしはよいですが、奥様に御迷惑がかかるといけません。こんなところを他人に見られたら大変だ」

私はふきだした。しかし、笑いっぱなしでもいられない。

「あの、あなた、本気ですか。ふざけているんでしょ。ね、ふざけてるのね」

「それでは」

また、お辞儀をする。立ち上って出て行こうとする。

「わかりました。じゃあ、お家へ電話しておきますから、今日は、ここへ泊って下さい。いいでしょ」

「いいえ。あらぬ噂をたてられたりしたら、奥さまの潔白が疑われるでしょう」

「大丈夫ですよ。私は階下でやすみますから。あなたは二階の客室をお使い下さい」

「いけません。一つ屋根の下で男女二人きりで夜を過ごしたりしたら、あとで言いわけが……」

「じゃあ、いいですよ。私は息子の家へ泊りに行きますから」

「それでは申しわけないから」

「あなたね、なにもこんな夜にそんなこと言いださなくたっていいのに。息子たちだってもう寝てるかも知れないし、本当にそのほうが迷惑だわ」

「ですから、わたしが帰らせてもらいます」

「あなたは病気なの。あたまの病気なんですよ。だから、ふらふら夜中に出歩かないで下さい。黙っておとなしく二階で寝て下さい」

私は、いらいらして言った。

夫は黙りこんだ。怒りだすか、と思ったが、迷っていたらしい。

いままでの例からすると、ここで救急車を呼べば彼が満足するだろうということはわかっていたが、やはり物事には順序というものがある。たしかに、これは大事件ではあるが、命にかかわること、一刻を争うといった性質のことではない。

「明日、精神科へ連れて行かなきゃ。ちっとも知らなかったけど、もしかしたら、この人のうち、きちがい筋だったのかしらん。でも、きちがいになったほうが丁寧でやさしくていいみたいだわ」

私は彼に聞こえるようにひとりごとを言った。

結局のところ、その夜、私は夫に追いだされた形で息子の家へ行かなければならなかった。五十メートルほどしか離れていないから行くこと自体は大したことはないが、そこでまたひどい目にあった。

息子の家は、いったいに早寝の習慣のはずなのに夜の十一時に家中の電燈がついている。中へ入ると嫁が目を泣き腫らして出てきた。奥から子供たちの泣き騒ぐ声が聞こえる。子供は一歳と三歳である。子供の泣き声を圧倒するようなボリュウムで息子の唸り声。

私は、うんざりして言った。

「また、なの」

嫁は、すすり泣きながら頷いた。素直でおとなしい嫁だが、からきしいくじがない。

「一カ月に二回なんてどうかしてるわ。もうつきあわないで寝てしまえばいいのよ」

「この前のときは救急車を呼んで救急病院へ連れて行ってモルヒネの注射をうって動脈拡張剤を貰ったんです。その時、お薬もいただいて、今度は家で治せと言われて」

「効かないと言ってるの」

「ええ」

息子の病気好きは、あきらかに父親ゆずりだった。まだ二十代なのに心筋梗塞の持病持ちなのである。

「それじゃ、ほっとけば」

「でも死んじゃったら困ります」

「そこまで無責任じゃないと思うけど。小さな子が二人もいるんだし。あなたがおろおろするから、いよいよつけあがるのよ」

「うちの実家には病人なんていませんでした。うちのおばあちゃんだって死ぬときは老衰でした。知らないまに死んじゃったし。これからずっとこうかと思ったら目の前が真暗になっちゃって」

「大げさね。あ、そうだわ、あなたのほうが病気になったらどう。リュウマチなんか。あれ、重くなると身動きもできなくなるのよ。従姉がそうだったから、よく知ってるわ。そうなさいよ」

「そんなことできません。子供たちはどうなるんです」

「だから、彼に……」

断末魔のような凄まじい叫び声が聞こえたので私と嫁は急いで奥へ走った。息子が脂汗をかきながら虚空をつかんでいる。

「あなた、あなた、しっかりして」

嫁が人工呼吸を始めた。玄関に私の声が聞こえたので、よけい息子が苦しみ始めたのだと私にはわかっていた。息子は白目を出し、息もたえだえに言った。

「おかあ、かあ、さん。な、ながい、ながいこと、お世話に、なり、ました」

「よしよし。あとは引き受けたよ」

「こ、これで、安、安心して死、死ねる」

「あなた――」

嫁が絶叫し、子供たちがギャアギャア喚く。私は次の間に転がっている子供たちの傍へ行った。上の子の顔を拭いてやり、あかんぼうのおむつをかえても、まだ泣く。おなかに触れると、ぺっしゃんこだ。空腹らしい。

「加代子さん。いつからやってるの、あれ」

「夕方です。何時だったかしら。気分が悪いからとお休みをとってきて。四時くらいでしたか。それからずっとなんです」

「御苦労なことね。このごろ運動不足だから、スポーツ代りという気なんじゃない。それにしても、もう七時間でしょ」

「十二時間なんですって、発作は。時々静かになりますけど。疲れちゃって」

「ばかな。普通は三、四分で治まるわ。十二時間なんてはずがない。四、五秒ということだってあるのよ」

「おれのは特別だと言ってます」

息子が唸る。嫁は息子の上にまたがって人工呼吸をしているのだが、胸を押える手が少しゆるむと、催促するように唸るのである。

「しようがないね。さあ、ちびさんたち、おばあちゃんが何かおいしいもん作ってあげるから一緒にお台所においで」

二人とも、まだ小さくて何を言われてもわからないが、食べものをくれるらしいということだけは素早く理解して直ちに泣きやんだ。あかんぼうも大急ぎで私のあとを這ってくる。

まず冷蔵庫の中にあるチーズを切って二人に与え、フレンチトーストを作っていると嫁が覗きにきた。

「どう。少しはよくなった、向う」

「ええ。何とか静かになりましたけど」

「悪いけど、今日泊めてね。ちびたちと二階で寝るわ」

「いいんですか。お父さんは」

「それがねえ、加代子さん。驚かないでよ。お父さん、きちがいになっちゃってね。よその奥さんと二人きりで夜を過すことなんかできないって言いだすのよ」

ええーっと叫んで嫁は坐りこんだ。

「大丈夫よ。明日は私はつきそい看護婦ってことにして家へ帰りますから。今晩だけのことよ」

嫁は返事をしなかった。絶望的な目でぼんやり私を見ている。

「あなた、本気になりすぎるからいけないのよ。適当にあしらえばいいのよ」

「あの、お父さんの病気、いつまででしょう。治るのかしら」

「治りますとも。明日は、もういいかも知れないわ」

「私……もう疲れました」

「加代子さん。頑張って。私は絶対病気にならないから。隆にも言っておくわ。一年に一回にするようにって。ね、だから」

「そんなこと、できるかしら」

「できるようにするのよ。あなただって、もっと強くならなきゃ。約束を破ったらコーゲン病になると言いなさい」

「何ですか、それ。私、だめなんです。病気なんか一つも知らないもの、何もできないわ」

「だから、あなた向きなのよ。痛い痛いって寝てればいいんだから。泣いたり笑ったりもしちゃ駄目よ。私も詳しくないけど、なるべくなら人があまり知らなくて治りにくい病気のほうがいいでしょ」

嫁はハイと言い、子供たちに私の作ったフレンチトーストを食べさせ始めたが、本心から承服したのではなさそうだった。

夫の病気は、一カ月続いた。彼は、この病気が気にいったらしく、あちこちへ出歩いた。知りあいや親類ばかりを廻るのである。あとで弟たちから聞いたところでは、こんな具合だったという。

「こんにちは。セールスマンです」

まず、そう言う。

「やあ、兄さん。何言ってるの」

「あ、旦那さん。品物買って下さい」

「兄さん、どうかしたの」

「お客さん。お願いしますよ。買って下さいよ」

変だと思うが調子を合せることにする。

「何を売るの」

「ほら、いいでしょう。紐。こちらはベルト」

洋服をクリーニングに出すとき、ベルトを外して紙袋へいれておいたのが永年たまって四、五十本になっている。夫は、いつの間にか、それを持ち出したのである。

「買ってもいいけどさ、いったいどうしたの、兄さん」

「うちに看護婦だという変な女が住みついてねえ」

弟は勘のいいたちだった。

「その看護婦って、鼻の頭に小さなホクロがありますか」

「あるある。左手の人差指が曲ってましてね。あれは頭が変に違いありませんよ」

私の人差指は高校時代にバスケットの練習で突き指をしていらい曲っているのである。

「なるほどね。じゃあ、どうして追いださないんです、その女」

「ま、人類愛ですか。こう見えても、私は頭の変な女を追いだすような残酷なことはできんたちで」

「その看護婦は、あなたの食事の用意なんかもするんでしょう」

「そうです。しかも主人と一緒に食べようとするんですな。近頃の使用人は図々しいものです。しかし、何です。おらんとやはり不便ですからな。それより、紐かベルトか買って下さいよ、旦那さん」

夫はパーキンソン病というのもやった。

これは手足がぶるぶる震える病気だという。そんな病気になれば家の中にいればよいものを、やたらに出たがる。小刻みに首や手足をふるえさせながら少しずつ前進するのだから、三百メートル先のバス停まで行くのにも三十分かかった。デパートでは人だかりがする騒ぎで私も困惑した。人々は皆、何かの宣伝だと思って見にくるのである。

「きっと昔の電気人形の真似だよ」

「うまくできてるじゃないか。郷愁を誘う旧型ロボットだろ。きっとまた、なつかしの二十世紀展でも開く気だろうよ」

「でも、もっときれいなお人形にすればいいのに」

「そこがいいのさ。汚いところが」

夫の病気はながくても一カ月である。それ以上だと私もへばるが、当人のほうは、もっとくたびれ果てる。

彼は本当に病気が好きだった。病気の話をするのも好きである。週に一回、病気の会があり、必ず出かけて新知識をしいれてきた。

その会には夫のように、ただの病気好きのほかに専門家も出席している。専門家というのは、つまり、元医者の人である。彼らは今でも贅沢な暮らしをしている。患者になりたがる人が、いくらでもくるからである。奇病になるためには、それだけの金を積まなければならない。風邪や腹痛なら元薬屋くらいの人に教わってもいいのだが。

中でも最大の花形は救急病院である。やたらに救急病院や救急車が増えてしまってほうぼうで交通渋滞し、ついに規制してそれ以上は増やさぬことにしたが、それでも五百メートルごとに救急病院がある。

私の家から一番近くの救急病院は百メートル先である。かついで走ったほうが速いくらいだ。ところが、大抵の患者は遠くの病院へ行きたがる。病院まで少なくとも三十分はかからないと意味がないのである。そこで毎日のようにあちこちの救急車が何十台も町中をあちらへ行ったりこちらへ来たりしている。サイレンつきであるから騒音も甚だしく、一般の車は十メートル走っては停止しなければならない。

救急車の中では酸素吸入などしている。

一刻を争うというので車の中で手術することさえある。

患者は息もたえだえの危篤状態。

「もっと早く走れないのか。病院はまだなのか」

「駄目です。これ以上スピードを出すと頸動脈を切ってしまう」

アーッ、アーッと患者が叫ぶ。

運転手は心得ているから速く走ったり遅く走ったりして時間をもたせ、ちょうど三十分くらいで病院につく。

病院側では一目見るなり「手遅れです」と、まず言う。予防線を張るのである。

「で、どうなさいました」

「急に意識不明になって、さかんに苦しがるんです。ほら、顔が紫色になっている。爪だってそうだ。これはチアノーゼでしょう」

「そうですな。死体置場のほうがいいようですな」

「無責任な。何とかしろ」

たまりかねた病人が起きあがって怒鳴る。

そこで病室へ運びこみ、手足を縛るやら、カンフル注射をするやら、あちこちさすったり撫でたり、まぶたを裏返し、浣腸したりする。

私は夫のように病気好きではないから一度も救急車の御厄介になったことはない。せいぜい、疲れたとき、夫と喧嘩したときなどに病気になるくらいのものである。

夫婦喧嘩は病気になったほうが勝ちなのである。それはわかっているのだが、夫はタイミングのとり方が下手だった。文句を言ったり大声で怒ったりしている間に先に私に病気になられてしまう。怒るのと病気と両方いっぺんにはできない。苦しんだり怒ったりではどちらの効果も半減する。私だって夫に言い返したいのを我慢して病気になるのである。

「あーっ、痛い。腸がねじれている。胃がケイレンしている。助けてーっ」

私は畳の上を転げまわる。

夫に言わせると、そんな腸がどうの、胃がどうのということは病人にわかるはずがないのであって「いたい、いたい」一点ばりのはずだ、という。私は病気下手で見ちゃあいられないのだそうだ。しかし、ちゃんと言ったほうがわかりよいと私は思う。それに「痛い」ばかりでは、おなかの皮を怪我したって同じことではないか。

息子のところでも、なかなかうまくいかないらしい。いや、ふだんは仲がいいのだが、喧嘩が下手なのである。しかも、喧嘩の種は息子の病気であることが多い。あれから二十年たって嫁も最近では、もはや古女房だから昔のようにおとなしくない。

「病身なら病身と最初に言って下されば、私おことわりしてたわ。あなたも病身のお嫁さんをもらえばちょうどよかったのよ」

「冗談じゃない。丈夫で長もちだけがお前の取り柄なんじゃないか。家族にも家系にも病気をする人が少ないというのをたしかめてから結婚したんだ」

「そんな勝手な。それじゃあ私にとっては何もいいことないじゃない」

「病気に対して、いろいろ知識ができただろう」

「そんなもの。そんな知識なんか要らないわ。何の役にもたちゃしない」

「すくなくとも、老衰などという無智で野蛮な死に方はせんですむ」

「まあ、まあ、まあ。じゃあ、あなた、私のおじいちゃんや、おばあちゃんや、父や、みんな無智で野蛮だというの」

「すくなくとも、頭がいいほうではないと思うね、おれは」

ここで本格的な喧嘩がはじまる。

悪いことに彼らの息子たちもからんでくる。つまり、私の孫にあたるわけで、ということは夫の孫でもあるので揃って病気好きである。しかし、好みは少しずつ違う。長男のほうは真面目一点ばりで本気で苦しむ。病気も常識的でまっとうなものが多い。結核、じんぞう、胃かいようなどである。入院したことも二回ある。次男は、やや滑稽みのある病気が好きなようだ。彼は子供の頃からアレルギー性の喘息だった。

彼は長男の見合の席でも喘息をおこした。おばあちゃんも会ってくれというので私も同席したが、娘がきたとたんからもだえてせきこむのである。これでは話も何もできはしない。

相手の娘は花車の柄の着物を着ていた。淡黄地にさまざまの美しい花が咲き乱れている。苦しい息の下から彼は、その着物を指さして言った。

「ぼ、ぼく、アレルギー、なんです。赤と、青と黄のアレルギーなんだ。苦しい。助けてくれ」

母親が慌てて次男を家へ連れて帰り、見合は不首尾に終ったようにみえた。しかし、娘は長男が気にいったらしい。個人的に外でつきあっているという。先日何カ月かぶりにその娘が家へ遊びに来たが、上から下まで黒ずくめで喪中の未亡人風だった。もっとも、彼女はそのほうが似合う。若さがひきたって可憐になる。目鼻の小さな色白な娘なので花柄は負けてしまうのだ。どうも赤青黄は彼女の母親の趣味らしい。兄と娘がいそいそと出かけてから弟は私にしたり顔で言った。

「おばあちゃん、わかるだろ。ぼく、赤青黄のアレルギーってんじゃないんだよな。化粧も着物もちょっとひどすぎたろ、あの子。けばけばしくて品が悪くてさ。見たとたんに息がつまったの。そうすっと、たちまちアレルギーになっちゃうの」

「それは、わがまま病ってんだよ。お前の嫁さんじゃないんだからそんなことどうでもいいじゃないの」

「だって、嫂さんになるんだぜ。いやだよ、ぼく」

彼は兄と違って秀才型ではなく、三年浪人したので、まだ大学生である。隔世遺伝なのか、祖父のやった病気になることが多い。したがって、彼が病気になるとすぐにその病気に馴れている私が専属にされてしまう。

「お前ね、もう少し考えて病気になっとくれ。二回も同じ病気の看病するんじゃ、おばあちゃんも飽き飽きしちゃうよ」

「だって楽しそうじゃんかよ。間違うおそれもないしさ。いまさら違う病気をやっちゃ、おばあちゃん、ついてけないよ。もうとしだもん」

「なまいきを言うんじゃない」

「これでも、いろいろ考えてんだ。エヘヘ」

そうかも知れない。次男のほうが兄よりよほどやさしいのである。

本心をいえば、この子が結婚して可愛い子供を作るところまで見たいのだが、そうもいくまい。私はすでに永く生きすぎている。

ふしぎなもので死期を自由に選べる時代になっても平均寿命はきちんと存在している。むしろ短くなったかも知れない。皆、それぞれ自分の分をわきまえている。社会的地位のある目立つ人ほどルールを守る。時期を外すと誰も葬式に来てくれないし、遺族まで悪く言われる。総理大臣だの大会社の社長などは辞めてから一年以内に死ななければ笑われる。だから、かえって私のように何の取り柄もないつまらぬ人間のほうが永く生きるということになる。

もはや、私と同じとしの人は町内には一人もいない。私は少しあせっている。時々、嫁に相談する。

「加代子さん。どうしたもんかね」

「何ですか、お姑《かあ》さん」

「そろそろ、だから。何とか考えなきゃ」

「ああ、そのことですか。そうね。昔はオムカエが来たもんだけど、厄介な世の中になりました」

「ひとごとだと思って、そんなのんびりしたことを」

「いいえ、よくわかってますわ。お姑さんはいい方だから誰も何もいってませんけど、はっきり言えば、たしかにその時期だわ。隆も、この前心配してました。お母さんどういう気かなあって」

「そうでしょう」

「でも、いいんですよ。あと半年や一年はどうってことないでしょ。いまさら」

「何がいいかねえ。あんただって、あと三十年かそこらなんだからね。少しは考えてるんじゃないの」

「あら、私は老衰。もう決まってますわ。一番楽できれいですから。お姑さんも、それでいいじゃないですか」

「そうねえ」

　ある日、起きたら、おばあちゃんが死んでいた。少しも苦しまないきれいな顔に、うらうらと朝の日があたっている……。

私は首を振った。

一生に一度のことではないか。そんないい加減な死に方はしたくない。嫁にも息子にも、もう少し迷惑をかけなければ彼らも寝覚めが悪いだろう。

自分の番になってみて私は自分の知識の乏しさを改めて思い知った。夫も息子も病気好きなのに、私はいっこう覚えていない。いつも、ただおろおろするだけだった。病状がひどければ救急車を呼んだ。冷やせ、暖めろ、押えていろ、などと病人のいう指図にそのまま従っていた。あちこちの病気がいりまじり、何の病気がどういう症状かなんてさっぱりわからない。頭の病気で頭が痛いのならわかるが、頭の病気で目が痛くなったり、内臓の病気で腰がだるかったりすることもあるから困ってしまう。

それに、夫の病気の真似はしたくなかった。彼は新しいものや珍しい病気が好きだったから、そのための努力は惜しまなかった。彼が病気のために費した精力は大変なものである。実際、一つの病気が終ったあと半月や一カ月は寝たり起きたりの半病人の状態になるのが常だった。私にはそれほどの情熱はない。

高血圧などどうだろうか。年寄りのなるものとして、しごく常識的で自然だろう。都合の悪いことは私は若いころからずっと低血圧だったことだが、年をとったのだから、高血圧になってもいいだろう。

そこで私は、ある日、一同に向って宣言した。

「私は高血圧になりましたからね」

息子たちは珍しそうに私の顔を眺めていてから、がやがや論議しはじめた。

「高血圧って病気かしら」

「そうじゃないよ。ある種の病気になりやすい下地というに過ぎないさ」

「どんな病気になるんだ？」

「脳出血、脳血栓、脳軟化症」

上の孫息子が、すかさず言い、下のほうの子が、にやにやしながら説明する。

「体半分マヒしてたれながし。あるいは、頭がパアになって家を出たらもどれない、飯を食ったとたんに食事はまだかと騒ぐ」

「困ります」

と嫁が叫ぶ。

「まだなったわけじゃないよ」

「そう、予防すればいいの」

私は教えてやった。

「血圧が上らないようにすればいいんです。温度差も重要だから、部屋も暑すぎぬよう、寒すぎぬよう……」

「あら、お姑さんの部屋はエアコンですもの」

「ええ。だから、文句なんか言ってませんよ」

「じゃあ、どうしてそんなものになっちゃったんでしょう」

「としをとれば、大体高血圧になるんだよ。環境のせいじゃないさ」

「じゃあ、うちの親たちもそうだったんですか」

「亡くなる前は、高血圧だったろうね。とにかく、高血圧の人は刺激しちゃいけないんだ。お前んとこなんか、なんにも刺激がないから無事にすんだんだ」

「このうちは刺激が多すぎるわ。どうしましょう。あなたたちのせいよ。一カ月に一度は救急車を呼ぶじゃない。これからは止めてちょうだい。おばあちゃんが死んじゃうわ」

息子は、にやにやしている。下の孫が言った。

「お母さん、それは違うよ。この人は、つまり、うちのおばあちゃんは、そういう中に何十年もいたんだからね。彼女にとっては、それは普通のことであって、刺激ではないんだ。むしろ、何もないほうが血圧があがるかも知れんだろう。なあ、兄貴、そうだよな」

「あっあっ」

兄のほうは返事をしているのかと思ったら胸をおさえてくずおれた。

「大変。発作がおきたわ。今度おきたら危ないって先生が……ああ、ああ、目が見えない。どうしたの、どうしたの」

嫁がもがきながら倒れて意識がなくなった。意識不明のほうは静かだが、発作をおこしているほうは暴れている。

「あんた、早く救急車を……」

ふり返ると弟のほうは喘息をおこして畳を叩いている。

「電話、電話」

うろたえて走りまわっていた息子が、ようやく電話にとびつく。

兄には注射を打ってやらなくては。弟のほうは静かな部屋へ安静に寝かす。嫁はどうしたらいいのだろう。何の病気かわからない。私は病人たちの傍に坐りこんで溜息をついた。

やっぱり、高血圧なんかじゃ損だった。楽をしようと思ったばかりに、向うに先を越されてしまった。これじゃあ看病疲れで死ぬことになるかも知れない。まだしも老衰のほうがましだった。

人 ひと

葦 たけ

あるような、ないような。いるような、いないような。私は誰の目にも映らない。この薄暗い穴の中でじっと動かない灰色の影。

北側の壁から数本のシダが垂れ下がり、その葉先から水が滴り落ちている。

無い足が痛む。いつから痛むようになったのだろう。物心ついたとき、すでに私の膝から下は無かった。しかし、私は別に人と違っているなどとは思わず膝で走り回っていた。大人が背の高いのは当たり前だから、低くてもどうということはなかった。もちろん、そのころは足が痛むことなどなかった。怪我の痛さではない。もっと奥のほうから、たとえば疾しさのような、あるいは、自分だけが背負っている重い罪のような痛み。痛くなったのは義足をつけたころからだろうか。それとも車椅子に乗せられてからだろうか。私はどちらも大嫌いだった。私は自分の足で自由に動ける。背が低くても踏み台や椅子に乗ればいい。陸上の選手のようには走れないが、別に速く歩く必要など何もないのだ。小学校へ入るまでは私は自分の足だけで動いていたのだ。友達と砂遊びもしたし鬼ごっこもままごと遊びもした。背が低いことは別に問題ではなかった。小学校へ入ると、両親は義足を作らせた。それがいやなら車椅子に乗るようにと命令した。人は他の人と同じ格好でなければならないのだった。男ならまだしも、女の子は異様な姿形であってはならない。足が極端に短いということは一族の恥なのだ。そしてそれは単に義足をつけるだけで解決する、と彼らは思っていた。足が悪い人は皆そうしている、と言うのだ。百十五センチの背丈がなぜいけないのか。三十五センチの足がどうして恥なのか。杖をついて義足で歩くとき、私はよちよちとしか歩けない。思うほうへなかなか行けない。義足にもコツや相性があって、相当練習しないとうまく歩けない。私はいやだと思っているからなおさら上達しない。親の目がないと私はすぐに義足をはずした。頑丈な革でしばりつけられている両足の義足をはずすのはホネだったが、何人かの友達が手伝ってくれた。彼らは義足を嫌う私の気持ちを理解してくれた。

＊

私の穴のことは誰も知らない。私はいつもあてがわれた母屋の西側の離れにいることになっている。そこは以前は祖父母の部屋だった。小さな台所やトイレもあり、母屋とは渡り廊下でつながっている。三日か四日に一度、台所へ野菜や米や調味料をもらいに行く。風呂は週に二回。ハナカミや下着などの必要品は弟嫁のトシ子に頼むと買ってきてくれる。私は自分の部屋で一人で食事を作って食べる。流し台は私の背丈に合わせてあるので楽に何でもできる。トシ子は、もう孫のいる年だから買い物をしてくるのは嫁の百合子らしい。トシ子に頼むと百合子が持ってくる。百合子は勤め先へ車に乗っていく。シナばっちゃ、ハナカミとタオル買ってきたよ、と言いながら百合子は離れの戸を開けようとする。戸は簡単には開かない。あとで母屋に建てました離れは母屋とは段差があるうえ、建付けが悪く、なかなか開かない。戸口まで物が積み重なっているせいもある。百合子は無理はしない。開かなければ戸口に置いていく。うまく開くと、他に何か欲しいものはないかと尋ね、それから、シナばっちゃ、その髪、どうにかならんの。私が車に乗せて行くから美容院へ行こうよ、と言う。私の半分白くなったざんばら髪は肩の下まで長くなり四方に広がっている。百合子はいつも同じことを言い、返事も聞かずに急いで出て行く。

＊

高いものは何でも不得手だった。洋式トイレ、洗面所、台所の調理台、ガスレンジ、冷蔵庫の上の棚。しかし、踏み台を使うか、低くすればどれも何でもないことだった。私は家事もすべてできたし、日常的にも何も不便はない。車も足の悪い人のために改造されているものがあるし、座ってする仕事なら普通の人と何も変わらない。高校の先生が仕事を捜してくれた。受付や電話番、帳簿の整理などをする仕事だった。だが、父は就職することを許してくれなかった。そればかりか、外へ出ることも禁止した。草取りさえ人が見るとみっともないから駄目だ、と言う。うちの中でも義足を強要した。客が来るかもしれないからと言って。私は松葉杖にすがって一歩一歩歩くことしか許されなかった。その杖のほかに室内用の杖や金属のや折畳式など土間にも部屋にも何本もの杖がごろごろしていた。私が膝で歩いているのを見つけると父は怒り、母は泣いた。私は何度も家出を繰り返し、何度も警察の厄介になった。そのあげく、離れに押し込められることになった。離れからは母屋を通らなければ外に出られない。田の字型の田舎の家には廊下というものがないので、どこかの部屋を通らなければ玄関の土間まで行けないのだ。北側は崖になっており、西は椎の木や山桃のあるちょっとした庭で、その向こうにはブロックの高い塀がある。南の庭には出られるが、外とつながっている前庭へ通じる枝折戸は常に閉ざされていて開けられない。

＊

家出をして連れ戻された私に、お前は足が悪いのではない、心が悪い、お前はうちの子とは思わん、もうお前の顔など見たくない、と父は言った。私も父の顔など見たくないと言ったら、いきなり殴り倒された。あおむけに転ばされた私はなかなか起き上がれなかった。そういう形になるといつもそうだ。父は転がっている私を土間に蹴落とした。その何日かあと、母は、これを読みなさいと本をくれた。借金を重ね、にっちもさっちもいかなくなって自殺しようとする人の話だった。薬や首吊りや手首を切ったり海へ飛び込む、車の前に飛び出す、あるいは屋上から飛び降りる。どれも失敗し、思い直して努力して成功するというつまらない話。一番熱心に丁寧に書かれているのは自殺しようとさまざまに試みるところだから、母は私にその部分を読ませようという気なのだろうと私は思った。母が本を読んでいるのを見たことはない。どこかで広告でも見て買ってきたのだろうか。母がくれた本は後にも先にもそれだけだった。あとで思い出すと、本をくれた時の母の表情はこわばっていたような気がする。

私が病気になった時だけ母は慌てふためいて看病する。まるでそれまでの罪を贖うかのように。たしかに病臥している私は膝で歩いたり家出したりはしないから。その時だけ母と私の気持ちは一致するのだ。このまま一生病気でいたらどんなにいいだろう。おそらく母もそう思っていたにちがいない。

＊

私は母屋から持ってきた昨日の新聞を隅から隅まで読む。それを決して捨てないから部屋には新聞が山積みになっている。いままで持っていた本、注文して手に入れた本、衣類、下着、鍋や茶碗皿の類まで狭い部屋の中に置いているので机の上も下もいっぱいになっている。この部屋には押入れもなく、布団も敷きっぱなし。足の踏み場もない。トシ子は部屋が乱雑なことには無関心なので助かる。母や姉ならそうはいかなかっただろう。うるさく言うに決まっていた。姉は結婚して遠くに住んでいるのでほとんど来ない。父は私が四十の年に死んだ。父の生きていた時には離れは外から鍵をかけられていた。トイレは母屋との渡り廊下の横にあるから部屋の外に出なければ使えない。炊事場も、あるとはいっても簡単な三尺四方の板の間と台があって、水をかめに汲んでおき、七輪と炭で煮炊きするだけのものだから水も火もなければ何もできない。私はおまるを与えられていた。窓も出られないように外から板を打ちつけた。朝晩母が食事を運んできて、おまるを片付け、部屋を簡単に掃除した。母はなるべく私の顔を見ないようにしていた。

＊

父が死んだ時がチャンスだったのかもしれない。私は法事の一切に出席しなかった。誰も出ろとは言わなかったし、私も出る気はなかった。それらが済むと、母が私の部屋に来て言った。あんたはどうしたいの。お父さんは義足義足言ってたけど、私はそうは思わない。あんたの好きなようにしたらいい。勤めてもいいし、家を出てもいい。お金も住む場所も、できるだけのことはするから。

＊

南米かどこかに死臭のする花があるという。花の大きさは一メートル以上もあり、屍蠟に似た白いめしべを天高く伸ばし、その周囲に陰唇そっくりの赤黒い花びらがだらりと垂れ下がっている。その形、その悪臭にどんな虫が近寄るというのだろう。

私は毎日の新聞からそんな記事を切り抜く。切り抜いても整理はしないから、部屋は切り抜きだらけで捜す記事は絶対に見つからない。私はぼんやりしている時、そういう花や、ホームレスの人たちに供される炊き出しの内容や、誰かが熊に足を食いちぎられたなどという記事のことを思い出す。小さな古いテレビもあるが、めったに見ない。テレビの画面の中ではしゃいでいる人たちを見るのが不愉快だし、音がいやだった。本を読む気もしない。新聞が一番いい。何年か前、トシ子の孫の陽子が新聞を捜しに来たことがあった。中へ入ってもいい？ と言うので、入れたらね、と返事をした。陽子は、戸を開けたとたん、小さな声で、クサイ、と言って鼻を押さえた。私は窓を開け、そのへんのもの踏まないでよ、と注意した。新聞がいるんなら図書館へ行けばいいいじゃないの。こんなふうだから中へも入れないし、捜すことなんかとてもできないと思う、あったって私があちこち切り抜いているから使い物にならないよ、と私は言った。それで引き返すかと思ったのに、彼女は足先で切り抜きをかきわけながら中へ入ってきた。フウン、と言いながら周囲を見回す。壁には雑然と衣類が下がり、何年前のかわからぬカレンダーや雑誌から切り抜いた絵などが貼ってある。座るために本を隅へ寄せると変色した畳の上をダニが這っていた。陽子は珍しそうに、虫がいる、と言った。いるさ、この部屋は日当たりが悪いからゲジゲジもカナブンも船虫もムカデもいるよ。陽子は切り抜いた新聞をそのまま貼った作品を出したいのだという。夏休みの宿題だと言っていた。彼女も祖母や母親と同じように私の部屋の乱雑さには驚かなかった。もちろん彼女の捜している新聞は見つからなかった。次の日、陽子は何か虫を殺す薬品を持ってきて私の部屋を煙ぼうぼうにしたので私は半日母屋に移動していなければならなかった。

＊

引佐郡三ケ日町七三六農業鈴木貞夫さん方の母屋横の山桃の木は胴回り二・七メートル、枝張り十二、三メートルあり、樹齢は二百三十年以上。樹勢は盛んである。その秘訣は幹から太い枝にかけて目立つ空洞に幾筋もの太い根を伸ばし、腐食した我が身を栄養源にしているためと見られる。

＊

私は父が死んだ時、家を出ていかなかった。高校時代に家出を繰り返したのは、同級生の萌香や姉が手伝ってくれたからなのだ。私一人ではそんな大荷物は持てないし、速くも歩けない。それに一生懸命歩いても一キロも歩けばへばってしまう。萌香は彼女自身が家出の常習犯で家族もあきらめて捜しもしないという状態だった。しかし、今は萌香も姉も家庭を持って遠くに住んでいる。私も、もう面倒になっていた。他人と顔を合わせたくなかった。結局、離れを暮しやすいように改造してもらった。炊事場にプロパンのレンジを置き水道をつけた。それで結構だった。家族たちの邪魔にならぬよう、面倒をかけぬように自分にできることは自分でしようと思った。部屋の鍵もはずされ、外へ出るのも自由になった。しかし、私はそれまでと同じように暮した。ひところ、弟が盛んに外出を勧めに来た。車で連れていってやるから温泉へ行こう、授産所で仕事をしたら気がまぎれるだろう、毎日暇だろうから内職を頼んでやろうか。全部断ると、それならせめて近くの公園に行こうよ、そんなに動かないと腐ってしまうぞ、と言った。それまでろくに口もきいたこともないのに。誰かに何か言われたのだろうか。あれは彼が結婚したばかりのころだから、トシ子が気にしたのかもしれない。それとも母の入れ知恵か。彼の意志でなかったことは確実だった。

*

私は自分の穴が気にいっている。それは離れの北側にある崖に掘られた穴だ。穴というより単なるくぼみだから、よく見ないとわからない。ずっと昔、戦争中に掘ったそうだ。人が隠れるためか、物を貯蔵するためか知らない。掘りかけらしく、高さも奥行きも幅も約一メートルしかない。私は今は灌木や細竹の陰になっているその穴を見つけ、農具小屋からシャベルを捜し出し、くぼみを掘り広げた。掘っているうち、昔の人が掘るのを止めたのは水分が多いためだとわかった。くぼみは上から垂れてくる水でじめじめしている。奥に倍くらい広げてから農具小屋にあった藁や毛布を持ってきて下に敷いた。湿っけているのさえ我慢すれば、ふしぎに夏も涼しく、冬の寒さもそれほどではない。穴の奥でじっと外の光を眺めていると、体が溶け出すような感覚におそわれる。それは気持ちのよい感覚だった。眠くなり、何もかもどうでもよくなっていく。寝ている私の膝から腿を茶色の尻上げ虫が伝っていく。彼は私を穴の一部だと思っているのだ。彼を驚かせないように私はくすぐったいのをこらえてじっとしている。

＊

シルクロード友好親善隊隊員募集。ラクダによるタクラマカン砂漠横断。大阪南港を出発、上海から列車で西安を経て敦煌へ行く。タクラマカン砂漠の楼蘭やミーランなどを訪ねながら、カシュガルまで約二千五百キロを二か月で走破。通訳、ガイドを含めて総勢十人。年齢性別不問。費用約七十万円。

＊

風呂は家の東側にある。東へ軒を出して、その二間幅のところに炊事場と風呂場がある。すぐ外に井戸ポンプがあるので便利がいいようにそういう造りになっているのだろう。脱衣場のようなものはないので、風呂の入口の台に服を脱いで入る。服を脱ぎながら、炊事場のほうを見たら奥の隅に赤い小人が立ってこちらを見ていた。私はドキッとして思わず悲鳴を上げた。気味が悪かった。炊事場の電灯は消して風呂のほうに暗いのが一つ下がっているだけなのでそう見えたのだ。幸い、私の悲鳴は皆には聞こえなかったらしい。よくよく見ると、それは消火器だった。なんだ、と思ったが、それでも動悸は消えない。赤いものがそんなところに立っているのはやっぱり気持ちが悪い。風呂から出た時も、そちらを見ないようにして服を着た。

＊

マレーシアのジャングル奥深くに、セノイ族という夢見の技法に長じた民族がいる。彼らは夢を見ること、語ることを子供のころから勧められ、彼らの方法に従って、夢に基づいて取るべき社会的行動を教えられる。朝食の席で家族全員で前夜見た夢を分かち合うと、村会に出て、そこでさらに見た夢について語り合う。そして合意を見ると、それを元にプロジェクトを組んで共同の活動を行う。

＊

赤い消火器は怒りっぽかった。威張り散らした。どうしてお前はここにいるのか、と私を難詰した。ここにいる権利があるのか、価値があるのか。＊＊もできないくせに。＊＊のところはよく聞こえなかった。できないことはたくさんあるよ、と私は言った。誰にだってたくさんある。それにあんたなんかにお前呼ばわりはしてもらいたくない。消火器は私の言うことなど全然聞いていなかった。お前は逆立ちをしたことがあるか。一千億の次は何か知っているか。エスキモーは冷たいという言葉をいくつ持っているか知っているか。消火器の唇は厚く、鼻も大きく、髪は赤い。頬は大きくふくれ上がっている。何さ、そんな変な顔して、と私は毒づいた。たかが消火器のくせに偉そうだよ。あんたなんかすぐにでもぶっ飛ばしてやる。消火器は怒って私に体当たりし、私は彼の下積みになって潰れそうだった。実際体の右半分がしびれて起き上がれない。

私は朝食の席でこの赤い消火器のことを話し、彼を糾弾しなければならないと思った。村ではただちにプロジェクトを組んで彼を追放することを決議するだろう。

＊

朝は体のどこもかしこもごわごわとこわばっている。指は倍にもふくれ上がっているようで物を持つこともできない。指の関節も曲がらない。触ったものの感触もない。箸は扱えないので、数年前から匙にしたが、それでもつかめず、逃げ回るカボチャや茄子を何度も捕まえそこねる。このごろは、どうせ誰も見ていないのだから、皿に直接顔を当てて食べる。一番多く食べる汁かけ飯は手で口の中へかっこむ。犬や猫と違うのは皿が机の上にあるというだけのことだ。もっと口がとがっていたらもっと食べやすいのに。実を言えば、皿は床の上にあったほうがよかった。もともと、ずっと座っているという状態は苦痛だった。足の重量が少ないからかもしれない。そのぶん、前かがみは楽で、床に手をついてなら何時間でも新聞を読み続けることができる。移動するのも室内ではいざっているが、外では四つんばいになる。そのほうがはかが行く。外といっても私の穴へ行くだけだが。それでも南の縁側から出て離れを西から北へぐるりと一周しなければならない。渡り廊下の端、母屋とトイレの間の狭いところを横這いに北へ出ていくほうが近いが、下がじくじく湿っていて臭い草が大量にはえている。西は大きな木が生えているだけで一間半くらいの幅しかない。私の子供のころは、そこは一面に広がっている田圃から涼しい風の吹いてくる気持ちのいい木陰だった。じいさんが寝ころんでいたり、ばあさんが縫い物をしたりしていた。何千何万という蛙が一斉に鳴いていた。私はばあさんの膝に頭を乗せて耳をほじってもらった。あれは私の祖父母だったのだろうか。彼らはいつからいなくなったのだろう。今は田圃だったところは工場になっている。その境にある高い塀のせいで風は全然来ない。蛙の声も遠くなった。

穴を見つけ、そこを掘り広げたのは数年前だ。日の差し込む部屋にいるよりは外の穴のほうがいくぶんかは涼しい。私は毎日食事がすむと新聞をくわえて自分の穴へ移動する。もちろん四つんばいで。ツゲのトゲやサツキの枝が私の顔をひっかき、手には蟬の抜け殻や腐りかけた椎の実がさわる。塀の向こうから誰かが投げこむのか、ビニール袋やジュースのペットボトルが落ちていることもある。地面に近いさまざまな匂いが私の内部に入ってくる。私は立ち止まってなんとなく空を見上げる。犬の高鼻と同じ格好だ。犬はどうしてそんなことをするのか。何か変わったことがないかと期待して頭上の世界の様子を探るのだ。犬は鼻で匂いを嗅ぎ、私は耳を澄ませて気配をうかがう。穴までの十メートルばかりは私にとっていい運動にもなっている。私は穴に座ってぼんやりと何時間も外を眺めている。視界の三分の一は私の住んでいる離れの外壁だが、右のほうには西庭が見える。そこに生えているソヨゴの木、椎の木、南天や千両といった木を眺める。蟬が迷い込んだり、蝶が穴を観察に来たりする。蚊ともハエともわからない小さな黒い虫は喜んで私の顔のまわりにまつわりつく。その虫は這っているときも丸い羽をいっぱいに広げて這う。あおむけに寝ると体は楽だが、起きるとき大変だ。力もいるし、十分以上ももがかなければならない。壁にもたれていると背中の骨が曲がっているのがわかる。そこでつかえるのだ。骨も背中も少しずつ湿り、私の体には土のにおいがしみつく。

＊

完璧なネズミ捕獲器が完成しました。まず、センサーがネズミの到来を感知すると小さな扉が開きます。中に誘引剤を入れてあるからネズミは容易に内部へ導き入れられます。ネズミが入ると扉が閉まり、ネズミは即座にパイプの中の空気を吸引します。するとパイプの端からボールがヒューンと飛んできて、秒速8メートルのスピードでパイプの後端へネズミを圧送します。それからネズミは炭酸ガスで絶命します。死んだネズミはビニールの処理袋に自動的にパックされます。捕獲すると電話回線経由で捕獲したことが通知されます。

＊

食欲もないし、風呂もおっくうなので十日も母屋に行かなかったらトシ子が様子を見に来た。

義姉さん、いたかね？　ちょっとここ開けてよ、といつまでも戸をガタガタやっているので、しかたなく開けてやった。私の姿を見ると、ほっとしたように、なんだ、いるんだ。どうかしたかと思った。孫たちが離れのあたりがにおうと言うもんで。ほら、このごろ暑いからすぐいろいろ腐るもんね。どこか具合でも悪いかね、病気だったら医者に連れていってやるから、と言う。もう腐るとこだよ、と私は言った。もう半分腐っとるわね。

生ゴミはだいたいは西の塀の際に穴を掘って埋めている。食べるものが少ないから量も知れている。それでも二十回も埋めると新しい穴を掘らなければならない。それが面倒だったのでビニール袋に入れてトイレの脇に置いてある。それがにおうのかもしれない。私の髪や汗もにおうだろう。わしねえ、とトシ子は体を半分部屋の中へ入れた。もうせん、半年くらい前だけど、もう気分が悪くて冷や汗がだらだら出て、そうそう、正月過ぎだから寒い時分だよ。それでね、夜中だったけど、修に救急病院へ連れていってもらったの。そしたら治っちゃったみたいでさ。恥ずかしかったけど、やっぱ脳の線かなんか切れたんだよ。それからにおいが全然わからんくなったの。言いながら座っている自分の膝のまわりや尻の下に散らばっている切り抜きを拾い、一枚一枚しわを伸ばして重ねている。

修が言うにはね、姉さんが一番長生きするよって。苦がないもん。陽子は離婚すると言ってくるし、修はドックで腎臓が悪いって言われてね。それに来年はこのへん下水道ができるって、それで二十万たら三十万たら出せと言われてるし、お姑さんも、もうわしの顔がわからんくなって。もう九十三だからねえ。

まだ愛甲園にいるの、と私は聞いた。そう、行っても顔がわからんでしょ。張り合いがなくてね、月一度くらいしか行かんけど。義姉さんもおかあさんの顔見たかろ？　たまには見舞いに行くかね？　私は首を振った。私は一度も見舞いに行ったことがない。母はぼけがひどくなっていたらしい。何度も勝手に外出して迷子になったり、鍋を焦がしたり部屋の中で紙屑やゴミを焼いたりということが重なったので愛甲園へ入れられたのだ。あれでも安いというけど、ベッドに寝てるだけで十三万だからこっちが暮せんわ、とトシ子はこぼした。もっと安ければ私もそこに入れたいと思っているに違いなかった。

あとでおかず持ってくるで、とトシ子は机の上に丁寧に揃えた切り抜きを置き、その上に湯飲みを乗せた。

＊

北九州市小倉区内の山中に皮を剝がれた約二百五十四の猫の死体が捨てられていた。死体のそばに運んできたらしいリンゴ箱、ポリバケツがそれぞれ二つと、小型の戸棚一つが捨ててあった。同区高野の山田変電所裏のやぶにも約三十四の猫の死体があった。

同市小倉西清掃事務所では「山中に捨てなくても届けてくれれば死体を引き取った。捨てた者がわかれば清掃法違反（三万円以下の罰金）で告発する」といっている。

＊

大きな貝殻が欲しい。前から何か足りないと思っていたのはそれだったのだ。がっちりと固くて私の体全体をすっぽり覆ってくれるもの。浅い水たまりで死んだらヤドカリになるかもしれない。私はこの小さな部屋からほとんど外に出ないのだから貝殻に似ているが、この穴のほうがもっと貝殻に似ている。私の顔はヤドカリに似ていないだろうか。黒い小さな目。貧相な顎。一日一回、湯を沸かし、何か野菜を入れて、味噌か醤油で味をつけ、それをご飯にかけて食べる。夕方も同じものを食べる。酸っぱくなっていることもあるが、かまわず食べる。トシ子の孫の大学生が下宿で使っていたという小型の冷蔵庫をくれたが、いれるものがないので使わない。

話しているとき、自分ではそんな気はないのに、とんでもない甲高い変な声が出ることがある。くさかったのは農具小屋の裏で猫かイタチが死んでいたからで、それを言いにいったときは普通の声だった。タヌキかもしれないが、どろどろに溶けていたので何かわからない。おそろしいような悪臭だった。それなのに、膝が痛むので湿布薬をもらいにいったとき、大きな高い声が出てしまった。みんなは話をやめてしんとしてしまった。黙ってトシ子が薬品箱を納戸から出した。私は冗談のつもりで、私だって膝はあるんだから、と言った。それがまた飛び上がるような妙な声だったので、いよいよみんなは聞こえないような顔をしてかたまってしまった。

＊

「冬虫夏草」は蟬の幼虫やトンボなどに取りつき、虫の体を栄養として成長する茸の総称である。寄生する昆虫は、ハチ、蟻、蝶、カメ虫など。カブトムシやクワガタムシ、ゾウ虫には寄生しない。

中国の奥地に棲息し、大コウモリ蛾の幼虫に寄生する「コルディセプス・シネンシス」は、古来から結核や貧血、滋養強壮などの効果がある漢方薬として珍重されてきた。ツチダンゴという茸に寄生する冬虫夏草のハナヤスリタケには増血作用があると言われている。

種類は約四百種、そのうち日本には三百種近くがある。

はえやすい場所は、谷川や沢沿いの広葉樹の自然林。地面ではなく、木の根や枝などに注意したほうがよい。大きさは平均二、三センチ。大きなものでも十五センチくらい。ヤンマタケなど木の枝に止まった状態で茸がはえるものもあるが、寄生している虫が土中に埋まっているものが多いため、地表にわずかに出ている茸の部分で識別していかなくてはならない。見つけたら焼酎やホワイトリカーに漬ける。最近では制癌効果についての研究も進められている。

＊

なんにもしなかった。この世に何も足さず何も引かず。悪いこともせずいいこともせず。私というものは本当はいなかったのではないか。

気がつくとあおむけにひっくり返っていた。もう起き上がる力はない。そのまま意識が覚めたり消えたりした。何日たっただろう。

ちょっと誰か来てごらん。離れに大きな白い茸が生えているよ、見たこともない茸だよ、という誰かの声が微かに聞こえた。

「日常的隣人」への四題

町田　康

小説を読むと、普通に生きている人間のうかがい知れぬ生活と生活感覚が明らかになっておもしろい。「日常的隣人」全文を読んだうえで、そのおもしろさに着目して以下の問いに答えてたぼれ。

【一】

この小説の主たる登場人物・つる子は、もはや若くない子連れの寡婦でありながら、美貌ゆえ裕福な男との再婚を果たして、大家となった久美サイドが、「お隣がいやだというので垣根が作れない」と主張していることを賃借人・志田より聞くが、それは事実と異なる。久美サイドはなぜ事実と異なることを賃借人に伝えたのか。その理由を述べよ。

【二】

その美貌の久美がまだ隣人であった頃、本来、境界を策定した方がつる子に有利であった。ところが、神谷家の事情によって境界は策定されなかった。つる子がそのことをフツーに受け入れていたのはなぜか。その理由を述べよ。

【三】

そのように境界について明確な態度を示さなかったつる子が、賃借人・志田の入居以降、にわかに境界に固執するようになる。いくつか考えられるその理由のなかから、浅い理由、深い理由、その中間の理由、をそれぞれ挙げよ。

【四】

つる子は志田の言動の意味するところを概ね理解するが、志田はつる子の表面的な言葉すら理解しない。なぜか。その理由を自動的なジェンダー論に堕することなく述べよ。

初出

日常的母娘　「野性時代」　一九七八年七月号
日常的夫婦　「野性時代」　一九七八年十月号
日常的嫁舅　「野性時代」　一九七九年一月号
日常的二号　「野性時代」　一九七九年四月号
日常的親友　「野性時代」　一九七九年七月号
日常的レズ　「野性時代」　一九七九年十一月号
日常的隣人　「野性時代」　一九八〇年一月号
日常的先生　「野性時代」　一九八〇年六月号
日常的美青年　「野性時代」　一九八〇年九月号
日常的患者　「野性時代」　一九八一年四月号
人su　「季刊文科」　二〇〇二年十月号

「日常的嫁舅」の初出時表記は「日常的嫁しゅうと」。

『日常的美青年』（作品社、一九八一年）所収時に改題。

本書の発行に際し、著者により文章の一部を校正しました。

町田康氏の文章は〈自分が高校で国語を教えていたら、「日常的隣人」でどんな試験問題をだすか〉という仮定のもとに考えられたものです。

吉《よし》田《だ》知《とも》子《こ》選《せん》集《しゅう》Ⅱ《に》　日常的隣人《にちじょうてきりんじん》

2013年10月10日　初版第1刷発行　46変形 130×188mm 256p

著　者　吉《よし》田《だ》知《とも》子《こ》

発行所　景文館書店

発行者　荻野直人

印　刷　大日本印刷

〒444-3624　愛知県岡崎市牧平町岩坂48-21　mail@keibunkan.com

ISBN 978-4-907105-01-3